Raymond Chandler/Michael Lark

PHILIP MARLOWE

Die kleine Schwester

CARLSEN VERLAG

Raymond Chandler ist neben Dashiell Hammett vermutlich der bekannteste amerikanische Krimi-Autor des 20. Jahrhunderts. Er wurde 1888 in Chicago geboren und studierte am Dulwich College in England. Er arbeitete als Dichter, Lehrer, Literaturkritiker, Buchhalter, als Angestellter in der Ölindustrie und als Autor von Groschenheften, bevor 1939 »The Big Sleep« erschien, der erste Roman, der seine Figur des Privatdetektivs Philip Marlowe einer breiten Öffentlichkeit bekannt machte. Es folgten »Farewell, My Lovely«, »The High Window«, »The Lady in the Lake«, »The Little Sister« und »The Long Goodbye«. Bis zu seinem Tod im Jahr 1959 verbrachte Raymond Chandler die meiste Zeit seines Lebens in Südkalifornien. Die erfolgreichen deutschsprachigen Übersetzungen seiner Romane erscheinen im Diogenes Verlag, Zürich.

Michael Lark, ein talentierter Newcomer, startete seine Karriere mit den Veröffentlichungen von »Airwaves« und »Taken Under«, zwei Serien, die in Zusammenarbeit mit Debra Rodia für den amerikanischen Verlag Caliber Press entstanden. Nach Veröffentlichungen in diversen Anthologien, wie zum Beispiel »Ray Bradbury Comics« oder »Weird Business«, begann Michael Lark für DC Comics zu arbeiten. Für das Vertigo-Label von DC entstand in Zusammenarbeit mit Autor Dean Motter »Terminal City«, gefolgt von der ebenfalls in einem kriminellen Milieu angesiedelten vierteiligen Heftserie »Scene of the Crime«, nach einem Szenario von Ed Brubaker.

In gleicher Aufmachung erschienen:
Paul Grist, KANE: Leben in Eden
Paul Grist, KANE 2: Hasenjagd
Andreas Dierßen, KUNZ

In Vorbereitung:
Paul Grist, KANE 3: Geschichten

COMIC ART bei CARLSEN
1 2 3 4 03 02 01 00

Aus dem Amerikanischen von Walter E. Richartz
Textbearbeitung von Horus und Kirsten Mischok-Odenthal
THE LITTLE SISTER

Redaktion: Dirk Rehm
Lettering: Horus und Kirsten Mischok-Odenthal
Herstellung: Bettina Oguamanam
Druck und buchbinderische Verarbeitung:
Clausen & Bosse GmbH, Leck

ISBN 3-551-73390-2
Printed in Germany
http://www.carlsen.de

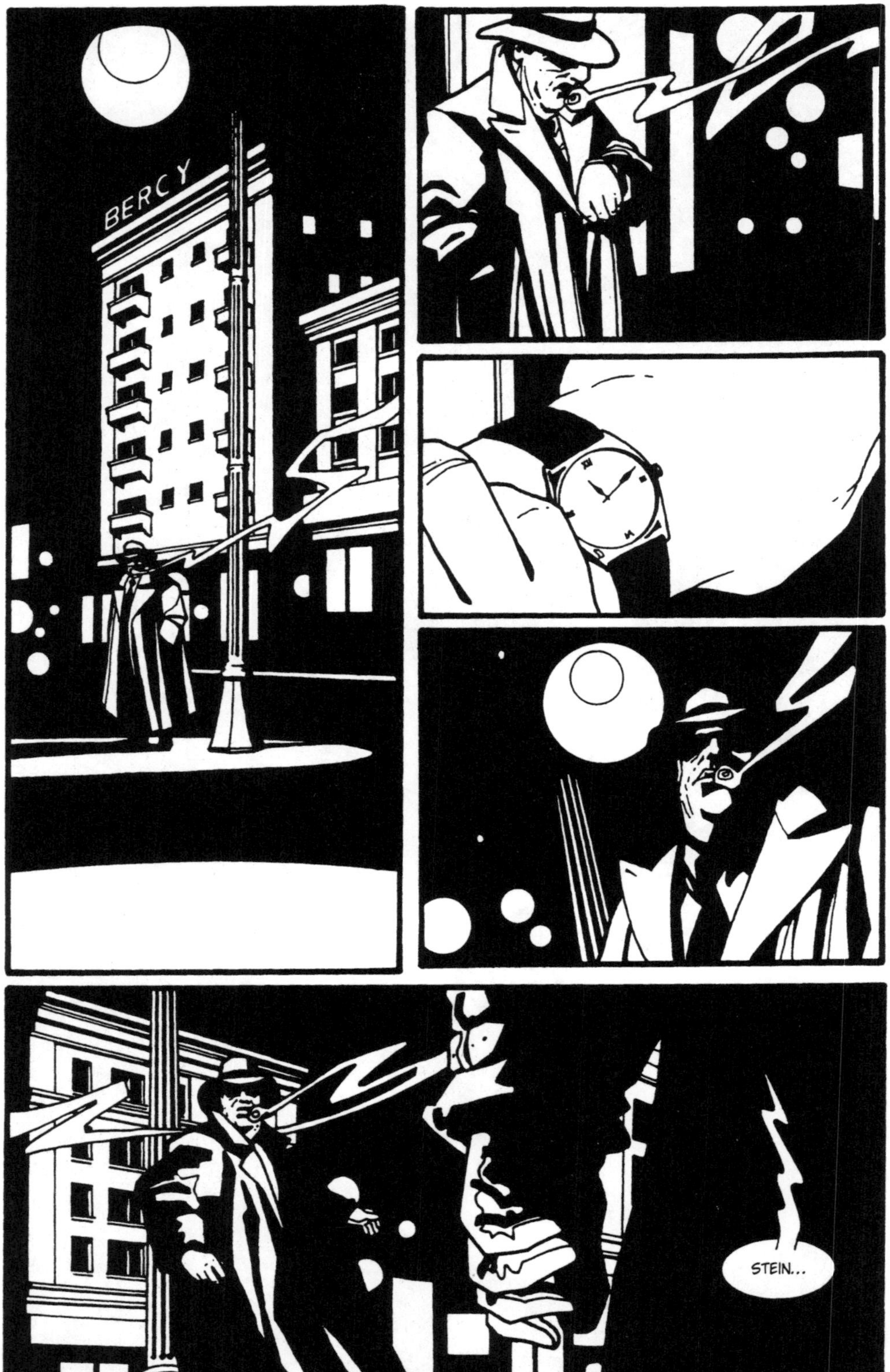
BERCY
STEIN...

... WIR HABEN ZU REDEN.
JA, LASS UNS REDEN. DU UND ICH. ÜBER WEEPY MOYER.
WO IST...
OH MEIN...

Auf der Riffelglasscheibe der Tür steht mit abblätternder schwarzer Farbe: »Philip Marlowe… Ermittlungen.«
Es ist eine recht schäbige Tür am Ende eines recht schäbigen Korridors, in einem Gebäude von der Sorte, wie sie ungefähr in dem Jahr entstanden, als das Kachelbad das Fundament der Kultur wurde.
615
PHILIP MARLOWE
INVESTIGATIONS
Die Tür ist zugeschlossen, aber nebenan ist noch eine Tür mit der gleichen Aufschrift, die nicht zugeschlossen ist.
Kommen Sie rein… es ist niemand da, nur ich.
Aber nur, wenn Sie nicht aus Manhattan, Kansas, sind.
SO REDET MAN NICHT MIT LEUTEN AM TELEFON.
Sie hatte vor fünf Minuten aus dem Drugstore nebenan angerufen, wollte mir aber nicht sagen, was ich für sie tun sollte. Ich hatte aufgehängt, als sie mir nahe legte, ich sollte versuchen, mehr wie ein Gentleman zu reden.

Es war ein Schritt in die richtige Richtung, aber er ging nicht weit genug.
Ich hätte die Tür verriegeln und mich unter dem Schreibtisch verkriechen sollen.
SIE SOLLTEN SICH SCHÄMEN.
ICH BIN NUR ZU STOLZ, UM ES ZU ZEIGEN. KOMMEN SIE REIN.
WENN ICH SO MIT VON DR. ZUGSMITHS PATIENTEN REDEN WÜRDE, WÜRDE ICH MEINE STEL-LUNG VER-LIEREN.
WIE GEHT'S DEM ALTEN BURSCHEN ?
ABER SIE KÖNNEN UNMÖGLICH DR. ZUGSMITH KENNEN.
EINEN DR. ZUGSMITH KENNE ICH. IN SANTA ROSA.
ABER NEIN. ES IST DR. ALFRED ZUGSMITH IN MANHATTAN. ALSO MANHATTAN IN KANSAS... NICHT MAN-HATTAN, NEW YORK.
MUSS WOHL EIN ANDERER DR. ZUGSMITH SEIN. UND WIE IST IHRNAME?

ICH WEISS NICHT, OB ICH IHN NENNEN MÖCHTE. SIE WAREN NICHT BESONDERS HÖFLICH AM TELEFON.
DA HÄTTEN SIE FÜNF CENTS SPAREN KÖNNEN. DER LIFT IST GRATIS.
ICH KANN NICHT MIT JEDEM DARÜBER REDEN...
...ERST MUSS ICH ETWAS MEHR VON IHNEN WISSEN.
ERST MAL SCHNUPPERN, WAS?
ES HANDELT SICH UM EINE SEHR... HEIKLE SACHE, SEHR PERSÖNLICH. WENN ICH EINEM VÖLLIG FREMDEN MENSCHEN MEINE FAMILIENANGELEGENHEITEN ERZÄHLEN SOLL, HABE ICH DAS RECHT, MIR ZU ÜBERLEGEN, OB ICH DEM BETREFFENDEN VERTRAUEN KANN.
WENN ES SO HEIKEL IST, DANN BRAUCHEN SIE VIELLEICHT EINEN WEIBLICHEN DETEKTIV.
MEINE GÜTE, ICH WUSSTE GAR NICHT, DASS ES DIE GIBT.
ABER ICH GLAUBE, MIT EINEM WEIBLICHEN DETEKTIV GINGE ES GAR NICHT. WISSEN SIE, ORRIN LEBTE IN EINER SEHR ÜBLEN GEGEND. JEDENFALLS FAND ICH, DASS SIE ÜBEL WAR. DER VERWALTER ROCH NACH SCHNAPS.
TRINKEN SIE, MR. MARLOWE?
NA JA, WO SIE GRADE DAVON REDEN...
ICH GLAUBE NICHT, DASS ICH EINEN DETEKTIV BESCHÄFTIGEN MÖCHTE, DER ALKOHOL ZU SICH NIMMT. ICH BIN AUCH KEIN FREUND VON TABAK.
WÄRE ES IHNEN RECHT, WENN ICH EINE ORANGE SCHÄLE?
ALSO WIRKLICH!
WENN SIE MIR DEN AUFTRAG GEBEN, DANN SO WIE ICH BIN.
ICH HABE DAS TELEFONGESPRÄCH ABGEBROCHEN, TROTZDEM SIND SIE GEKOMMEN. ALSO, WIE HEISSEN SIE UND WO DRÜCKT DER SCHUH?

„HÖREN SIE, SIE ARBEITEN FÜR DR. ZUGSMITH UND SIE SUCHEN JEMANDEN NAMENS ORRIN. MANHATTAN IST EIN KLEINER ORT. MUSS ES SEIN. NUR EIN HALBES DUTZEND ORTE IN KANSAS SIND GRÖSSER. ICH WEISS SCHON GENUG ÜBER SIE, UM IHRE GANZE FAMILIENGESCHICHTE HERAUSZUFINDEN."
„ABER WARUM WOLLEN SIE DENN DAS?"
„ICH WILL GAR NICHTS. ICH HABE DIE LEUTE SATT, DIE MIR GESCHICHTEN ERZÄHLEN. ICH SITZE HIER BLOSS, WEIL ICH NIRGENDS ANDERS HIN KANN."
„SIE REDEN ZU VIEL."
CAHUENGA BUILDING
LIQUOR
Ja, ich rede zu viel. Männer, die allein sind, reden immer zu viel. Oder sie reden überhaupt nicht.
SOLLEN WIR VOM GESCHÄFT REDEN?
SIE SEHEN NICHT WIE DER TYP AUS, DER PRIVATDETEKTIVE AUFSUCHT.
WEISS ICH. ORRIN WÄRE BLAU VOR ZORN. UND MUTTER AUCH.
ICH HABE IHREN NAMEN EINFACH AUS DEM TELEFON-BUCH...
WIE HEISSEN SIE?
ORFAMAY QUEST. MEIN VATER STARB VOR VIER JAHREN. ER WAR EIN DOKTOR. ICH LEBE BEI MEINER MUTTER, SEIT MEINE SCHWESTER LEILA UND ORRIN FORT SIND.
ORRIN WOLLTE AUCH CHIRURG WERDEN, ABER DANN SATTELTE ER UM, AUF INGENIEURWESEN, NACH ZWEI JAHREN MEDIZIN. VOR EINEM JAHR FING ER FÜR DIE CAL-WESTERN-FLUGZEUGWERKE ZU ARBEITEN AN, IN BAY CITY.
ES WÄRE NICHT NÖTIG GEWESEN. ICH GLAUBE, ER WOLLTE EINFACH IRGENDWIE RAUS, NACH KALIFORNIEN. ZIEMLICH ALLE WOLLEN DAS.
FAST ALLE.
WENN SIE SCHON DIE RANDLOSE BRILLE TRAGEN, KÖNNTEN SIE WENIGSTENS ENTSPRECHEND REDEN.

„ES SAH ORRIN GAR NICHT ÄHNLICH, NICHT REGELMÄSSIG ZU SCHREIBEN. DER LETZTE BRIEF KAM VOR EINIGEN MONATEN. MUTTER UND ICH MACHTEN UNS SORGEN."
„UND DANN HATTE ICH URLAUB UND ICH KAM HER, UM IHN ZU BESUCHEN. ER WAR VORHER NIE VON KANSAS WEG GEWESEN."
„MACHEN SIE SICH KEINE NOTIZEN?"
„FÜR DIE GAGS SORGE ICH SCHON. SIE ERZÄHLEN DIE STORY. ALSO, SIE HATTEN URLAUB UND KAMEN HIERHER. UND WEITER?"
„ICH HATTE ORRIN GESCHRIEBEN, DASS ICH KOMMEN WÜRDE, ABER ICH BEKAM KEINE ANTWORT. ALSO KONNTE ICH NICHTS WEITER TUN, ALS HINFAHREN, WO ER WOHNTE. ES IST IN BAY CITY. IDAHO STREET NR. 449."
„ES WAR NUR EINE BILLIGE PENSION. DER VERWALTER WAR EIN GRÄSSLICHER KERL. ER SAGTE, ORRIN SEI VOR EIN PAAR WOCHEN WEGGEZOGEN UND ER WÜSSTE NICHT WOHIN UND ES WÄRE IHM AUCH EGAL."
„SCHON GUT. WEITER."
„JA, DANN RIEF ICH AN SEINEM ARBEITSPLATZ AN. SIE WISSEN, DIE CAL-WESTERN-COMPANY. UND DIE SAGTEN, ER IST ENTLASSEN WORDEN, ZUSAMMEN MIT VIELEN ANDEREN UND WEITER WÜSSTEN SIE NICHTS."
„DANN GING ICH ZUM POSTAMT UND FRAGTE, OB ORRIN EINE ADRESSENÄNDERUNG ANGEGEBEN HÄTTE. SIE SAGTEN NEIN. DA BEGANN ICH MIR ETWAS SORGEN ZU MACHEN. ER HÄTTE VIELLEICHT EINEN UNFALL HABEN KÖNNEN ODER WAS."

HABEN SIE MAL DRAN GEDACHT, DIE POLIZEI DANACH ZU FRAGEN?
ICH WÜRDE ES NICHT WAGEN. ORRIN WÜRDE MIR DAS NIE VERZEIHEN.
SELBST IN GUTEN ZEITEN IST ES SCHON SCHWIERIG MIT IHM.
Sie zögerte, und da war was in ihren Augen, das sie da nicht haben wollte.
AUSSERDEM... UNSERE FAMILIE IST NICHT SO EINE FAMILIE...
SOLL ICH IHNEN DAS ENDE VON IHRER STORY ERZÄHLEN?
ER IST WEGGEZOGEN. UND SIE WISSEN NICHT, WOHIN. UND SIE HABEN ANGST, DASS ER EIN LASTERHAFTES LEBEN FÜHRT, IN EINER LUXUSWOHNUNG AUF DEM DACH DER REGENCY TOWERS, IN DER GESELLSCHAFT VON EINEM ETWAS MIT EINEM LANGEN NERZMANTEL UND EINEM INTERESSANTEN PARFÜM.
ALSO WIRKLICH, UM HIMMELS WILLEN!
ODER BIN ICH FRECH?
BITTE, MR. MARLOWE, SO ETWAS DENKE ICH ÜBERHAUPT NICHT VON ORRIN. UND WENN ORRIN SIE JETZT HÖRTE, WÜRDE ES IHNEN LEID TUN. ER KANN FURCHTBAR BÖSE WERDEN.
ALSO BITTE, WAS GLAUBEN SIE DENN, IST PASSIERT?
ICH SCHÄTZE, WENN ICH DAS WÜSSTE, WÄR ICH NICHT ZU IHNEN GEKOMMEN.
WIE VIEL VERLANGEN SIE DAFÜR, IHN ZU FINDEN?

SIE MEINEN, ALLEIN, UND NIEMANDEM WAS SAGEN?
JA. ALLEIN, UND NIEMANDEM WAS SAGEN.
HM, HM.
VIERZIG AM TAG UND DIE AUSLAGEN.
DAS IST VIEL ZU VIEL. ICH KANN UNMÖGLICH MEHR AUFBRINGEN ALS ZWANZIG DOLLAR.
ICH MUSS MIR HIER MEIN ESSEN BEZAHLEN, MEIN HOTEL UND DIE RÜCKFAHRT UND...
IN WAS FÜR EINEM HOTEL WOHNEN SIE DENN?
ICH... ICH WILL'S LIEBER NICHT SAGEN, WENN ES NICHTS AUSMACHT.
WARUM?
ICH WILL EINFACH LIEBER NICHT. ICH HABE SO EINE FURCHTBARE ANGST VOR ORRINS ZORN. UND DANN, ICH KANN SIE DOCH IMMER ANRUFEN, ODER?
Da war eine Menge, was ich nicht von ihr wusste, aber da war etwas in ihren Augen, das viel älter als Manhattan, Kansas, war.
Und ich war ganz einfach gelangweilt vom Nichtstun.

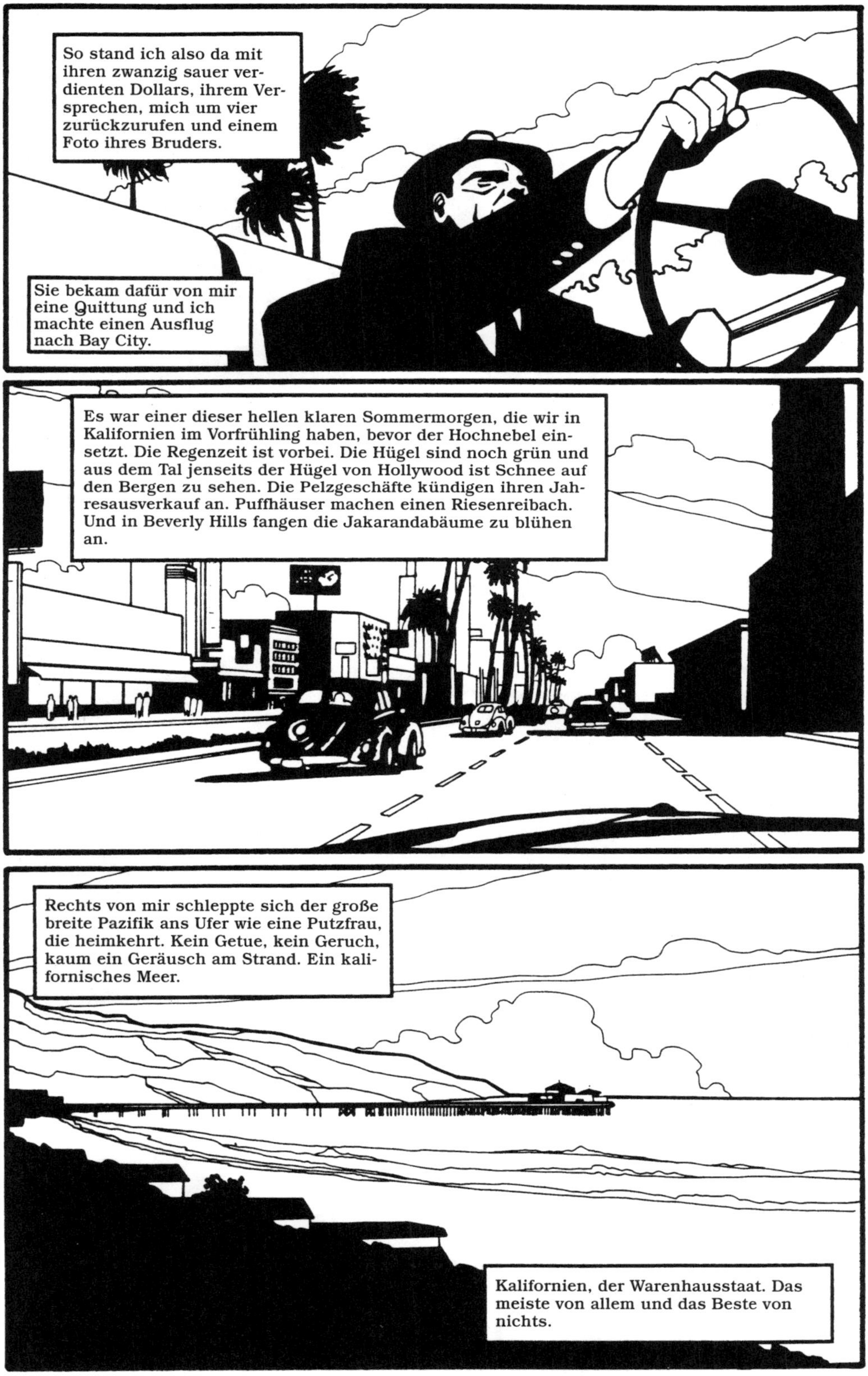
So stand ich also da mit ihren zwanzig sauer verdienten Dollars, ihrem Versprechen, mich um vier zurückzurufen und einem Foto ihres Bruders.
Sie bekam dafür von mir eine Quittung und ich machte einen Ausflug nach Bay City.
Es war einer dieser hellen klaren Sommermorgen, die wir in Kalifornien im Vorfrühling haben, bevor der Hochnebel einsetzt. Die Regenzeit ist vorbei. Die Hügel sind noch grün und aus dem Tal jenseits der Hügel von Hollywood ist Schnee auf den Bergen zu sehen. Die Pelzgeschäfte kündigen ihren Jahresausverkauf an. Puffhäuser machen einen Riesenreibach. Und in Beverly Hills fangen die Jakarandabäume zu blühen an.
Rechts von mir schleppte sich der große breite Pazifik ans Ufer wie eine Putzfrau, die heimkehrt. Kein Getue, kein Geruch, kaum ein Geräusch am Strand. Ein kalifornisches Meer.
Kalifornien, der Warenhausstaat. Das meiste von allem und das Beste von nichts.

Man konnte Bay City schon lange kennen, ohne die Idaho Street zu kennen. Und man konnte viel von der Idaho Street kennen und doch nicht die Nummer 449.
Das große Schild an der Eingangstür mit »Keine Zimmer frei« war schon lange dort. Ich drückte die Klingel, aber es passierte nichts.
Ich klingelte nochmals. Das gleiche Nichts passierte. Ich wanderte weiter bis zu einer Tür mit einem Schild »Verwalter«.
Es schien niemanden zu stören, dass ich dagegen trat.
Ich fand eine andere Tür, die aussah, als wäre sie an der Stelle, wo auch die Wohnung des Verwalters war.
Der Raum war zur Hauptsache mit Gin und schlechter Luft gefüllt, aber es gab auch Anklänge an Marihuanarauch.
Quest, Orrin P.
Der Mann auf der Couch schnaufte wie ein alter Ford mit einer defekten Kühlerdichtung. Sonst bewegte sich nichts in der Nachbarschaft. Nicht mal ein Hund.

Irgendwie hatte ich ein leeres Gefühl, als hätte ich meine Trümpfe falsch gezählt.
MMMPF?
NNNG? MMMPF! NNNF?
GAAH...! WASSIS?
SIND SIE DER VERWALTER?
Er nickte und fiel fast von der Couch. Ich goss ihm noch einen Schuss von seiner Medizin ein. Seine Hand streckte sich aus wie die einer Mutter, die ein verlorenes Kind begrüßt.
BIN WOHL IRGENDWIE N' BISSCHEN KLEIN BISSEN BESAUFT.
ES GEHT. SIE ATMEN NOCH.
GIN
WASSIS?
ICH SUCHE EINEN MANN NAMENS ORRIN P. QUEST.
HÄH? AUSGEZOGEN.
WANN?
GIB MIR EINEN SCHNAPS, MIR GEHT'S NICHT GUT.

VIELLEICHT HILFT IHNEN DAS BEIM NACHDENKEN.
HAU AB.
ICH HABE FREUNDE. EIN PAAR JUNGENS, DIE ES DIR BESORGEN WERDEN.
GIMMIR MAL DOC... VINCE! DEN DOKTOR!
HIER ISS LESSER B. CLAUSEN, DER ISS HIER! UND DU SAGS IHM JETZT...
SAGS IHM JETZT...
...NNNNGG...
...PHHAAHH...
Damit war seine Kraft für diesmal erschöpft.

Das Haus war ganz still, als ich mit Lester B. Clausens Generalschlüssel die Treppen weiter stieg.
Ich hielt an und schrieb »Doc Vince« auf und die Nummer, die ich ihn hatte wählen sehen, dann öffnete ich lautlos das Schloss von Zimmer 214.
Es war nicht leer.
VERZEIHEN SIE. DER VERWALTER SAGTE MIR, DAS ZIMMER SEI LEER.
ANKLOPFEN SCHADET NIE.

WARUM SOLLTE ICH? WENN DER VERWALTER SAGT, DASS ES LEER SEI? ER HAT WOHL GEDACHT, SIE SEIEN SCHON AUSGEZOGEN.
KANN ICH MICH MAL UMSEHEN?
AM HAUS IST EIN SCHILD „KEINE ZIMMER FREI". WIESO KOMMEN SIE HER UND WOLLEN EINS?
EIN MANN NAMENS ORRIN P. QUEST HAT MIR DAS GESAGT.
Ich buchstabierte ihm den Namen vor, aber ebenso gut hätte ich mit einer Schildkröte reden können.
Da war so etwas wie ein wachsamer Zug in seinem Gesicht. Aber es war schon vorher ein wachsames Gesicht gewesen.
MIT DIESER MASCHE KOMMEN SIE NICHT WEIT, MEIN JUNGE. WAS FÜR EIN BULLE? STÄDTISCH?
SIE FÜHREN SO EINE LOCKERE REDE, WIE IHRE PERÜCKE LOCKER IST.
LASSEN SIE DAS. WO FEHLT´S DENN?
NIRGENDWO. ICH WOLLTE WISSEN, WARUM SIE DAS ZIMMER HABEN.
ICH BIN HERÜBER GEZOGEN, VON NUMMER 215 GEGENÜBER. DAS ZIMMER HIER IST BESSER. ZUFRIEDEN?
ALSO SIE SIND HICKS.

„WOHER WISSEN SIE..."
„GEORGE W. HICKS. STEHT IM MELDEBUCH. ZIMMER 215. SIE SAGTEN, DASS SIE RÜBER GEZOGEN SIND."
„WENN SIE EINE TAFEL HÄTTEN, WÜRDE ICH'S IHNEN HINSCHREIBEN."
„WERDEN SIE NICHT FRECH ZU MIR."
„WAS PASSIERT DENN DEN LEUTEN, DIE FRECH ZU IHNEN WERDEN? MÜSSEN DIE IHRE PERÜCKE HALTEN?"
„LASSEN SIE DAS MIT DER PERÜCKE, SIE VERBRENNEN SICH DEN MUND. WAS BRINGT SIE HER?"
Ich gab ihm eine von meinen Karten und sagte ihm, ich suche nach Orrin P. Quest. Er fragte warum, aber ich gab ihm keine Antwort.
PHILIP MARLOWE
INVESTIGATIONS
SUITE 615
CAHUENGA BUI
NA SCHÖN. ICH BIN AUCH EIN VORSICHTIGER MENSCH. DESHALB ZIEHE ICH JA WEG.
VIELLEICHT MÖGEN SIE DEN HASCH-GERUCH NICHT.
DAS AUCH. AUCH ANDERE SACHEN NICHT. DESHALB IST QUEST FORT. ANSTÄNDIGER KERL. WIE ICH. ICH GLAUBE, DA HABEN IHM EIN PAAR HARTGESOTTENE BURSCHEN ANGST GEMACHT.
WARUM?
SIE HABEN DOCH GRADE VON DEM HASCHGERUCH GEREDET. ER WÄRE DER TYP, DER ZUR POLIZEI GEHT.
IN BAY CITY? WOZU DIE MÜHE?

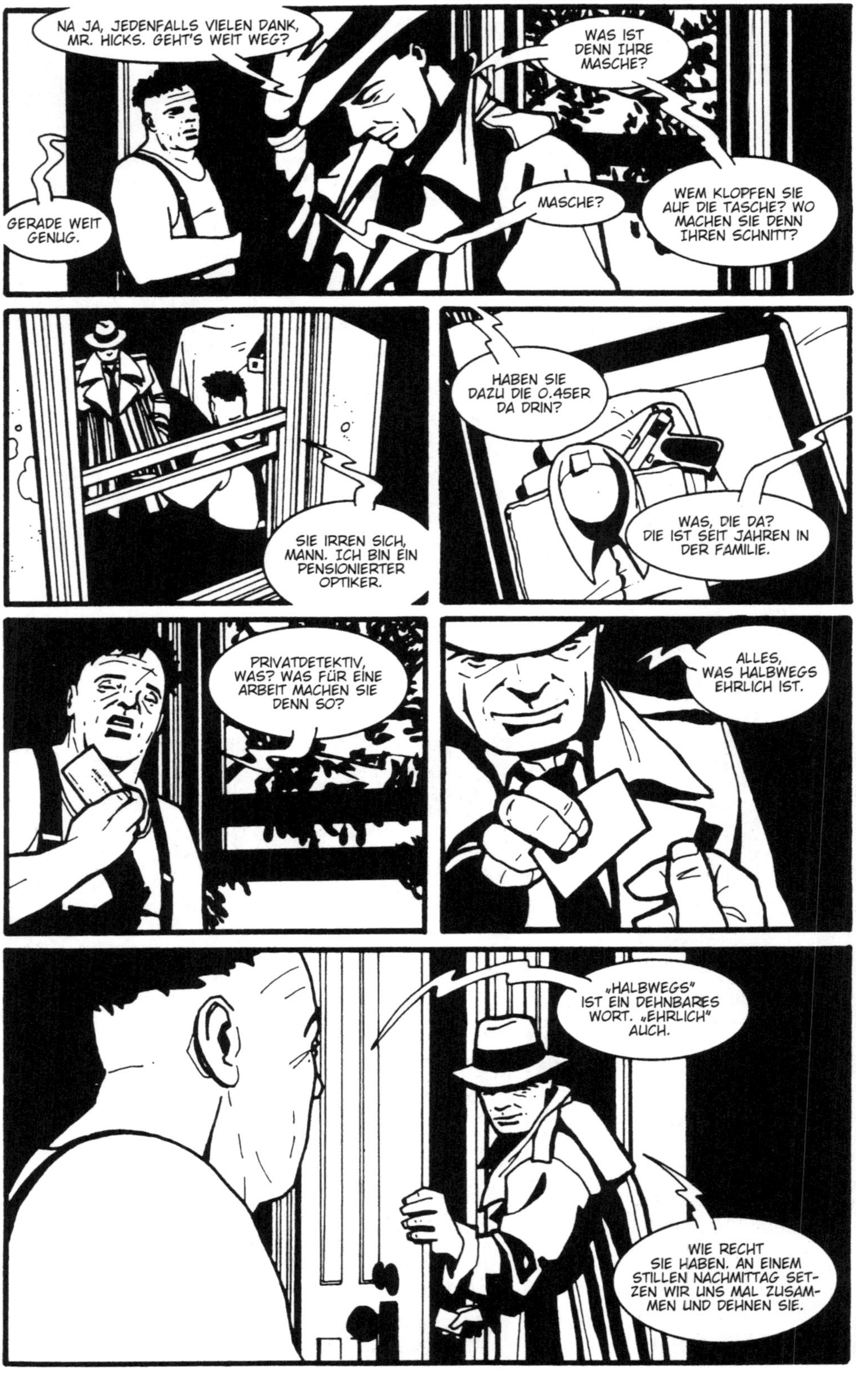
NA JA, JEDENFALLS VIELEN DANK, MR. HICKS. GEHT'S WEIT WEG?
GERADE WEIT GENUG.
WAS IST DENN IHRE MASCHE?
MASCHE?
WEM KLOPFEN SIE AUF DIE TASCHE? WO MACHEN SIE DENN IHREN SCHNITT?
SIE IRREN SICH, MANN. ICH BIN EIN PENSIONIERTER OPTIKER.
HABEN SIE DAZU DIE 0.45ER DA DRIN?
WAS, DIE DA? DIE IST SEIT JAHREN IN DER FAMILIE.
PRIVATDETEKTIV, WAS? WAS FÜR EINE ARBEIT MACHEN SIE DENN SO?
ALLES, WAS HALBWEGS EHRLICH IST.
„HALBWEGS" IST EIN DEHNBARES WORT. „EHRLICH" AUCH.
WIE RECHT SIE HABEN. AN EINEM STILLEN NACHMITTAG SETZEN WIR UNS MAL ZUSAMMEN UND DEHNEN SIE.

Ich weiß selbst nicht, was für ein Geräusch ich zu hören erwartete. Jedenfalls hörte ich es nicht.
Ich ging geräuschvoll den Gang entlang und stoppte oben an der Treppe. Ich ging lautlos zurück zu Zimmer 215 und benutzte den Hauptschlüssel. Unten, vor dem Haus, fuhr ein Auto ab. Irgendwo wurde eine Tür geschlossen.
Keine zwei Minuten waren vergangen, als Mr. George W. Hicks sich auf den Weg machte. So leise kam er heraus, dass ich ihn nicht gehört hätte, wenn ich nicht auf diese Art von Bewegung gewartet hätte. Ich lugte hinunter und sah ihn in die Wohnung des Verwalters gehen.
Ich unternahm eine weitere Wallfahrt nach Zimmer 214. Ich durchsuchte das Zimmer mit Sorgfalt und Geduld und fand nichts, das irgendwie mit Orrin P. Quest zusammenhing. Ich erwartete auch nichts.
MANAGER
Orrin P. Quest war weggezogen und jemand hatte sein Zimmer übernommen. Jemand anders hatte das Zimmer, das auf Hicks eingetragen war.

Ich dachte, dass es wohl keine Affäre sein würde, den Kunden herauszufinden, der zu dem Namen »Doc« oder »Vince« und zu der Nummer gehörte, die ich ihn hatte wählen sehen.
Der kleine Mann am Boden passte gut in die Gegend. Dass er Haschzigaretten verkaufte, war eine Kuriosität, über die man in der Idaho Street kein Wort verlieren würde.
Aber zuerst blätterte ich noch einmal im Meldebuch zurück.
Das hätte ich besser schon vorher gemacht...
Die Seite mit der Eintragung von Orrin P. Quest war rausgerissen.
Ein vorsichtiger Mensch, Mr. George W. Hicks. Sehr vorsichtig.

In der Stille hörte ich ein Auto die Straße runterfahren. Dann kam mir zum ersten Mal etwas in den Sinn.
Ein Betrunkener wie Clausen müsste eigentlich laut schnarchen, mit allen Arten von Verstopfung, Gurgeln und Schnaufen.
Er machte keinerlei Geräusch.
Etwas mit dem Aufdruck »Überreicht durch Crumsen & Co, Eisenwaren« war hinten an Lester B. Clausens Hals angebracht.
Es war der Griff von einem Eisdorn...
Ich legte einen netten kleinen Spurt ein, um mich aus der Gegend zu entfernen.
Am Stadtrand, kurz vor der Gemeindegrenze, klemmte ich mich in eine Telefonzelle und rief die Polizei an. Ich gab ihnen die Adresse des verblichenen Mr. Lester B. Clausen.
»Wieso ist das wichtig?«, sagte die raue Stimme arglos.
»Interessant fürs Morddezernat«, sagte ich und hängte ein.

Zurück in Hollywood brauchte ich eine Viertelstunde, um herauszufinden, dass die Nummer, die Clausen gewählt hatte, einem Dr. Vincent Lagardie gehörte, angeblich ein Neurologe.
Ich ging runter in den Drugstore an der Ecke, um ihn anzurufen.
Als ich endlich zu ihm durchkam, war seine Stimme ungeduldig.
„NA JA, MR. LAGARDIE, WENN SIE MR. CLAUSEN NICHT KENNEN, DANN IST ES AUCH GUT. ICH WOLLTE BLOSS SICHERGEHEN. IRGEND-JEMAND HAT IHM EINEN EISDORN IN DEN HALS GESTECKT."
Der Doktor hatte nicht mehr den Anschein, dass er in Eile war.
IST ES DER POLIZEI GEMELDET WORDEN?
FREILICH. ABER DAS BRAUCHT IHNEN NICHTS AUSZUMACHEN... AUSSER, WENN ES IHR EISDORN WAR.
MIT WEM SPRECHE ICH?
SIE SPRECHEN MIT HICKS. GEORGE W. HICKS.
TUT MIR LEID, MR. HICKS. ABER ICH KENNE MR. CLAUSEN NICHT. ICH HABE NIE VON IHM GEHÖRT. UND FÜR NAMEN HABE ICH EIN AUSGEZEICHNETES GEDÄCHTNIS.
NA, DAS IST JA SCHÖN. ABER ES KÖNNTE SEIN, DASS JEMAND WISSEN WILL, WARUM ER VERSUCHT HAT, SIE ANZURUFEN... ES SEI DENN, ICH VERGESSE, ES WEITERZUERZÄHLEN.
COFFEE SHOPPE
Dazu hatte er dann nichts mehr zu sagen und ich auch nicht. Wenn er schlau war, würde er nun die Polizei in Bay City anrufen und denen die ganze Geschichte erzählen.
Wenn er nicht anrief, war er nicht schlau. Es wäre nützlich, das herauszukriegen. Oder auch nicht.

„DAS IST NICHT BESONDERS NETT, WAS SIE DA REDEN".
„WAS ICH SAGE, IST NIE NETT. NACH IHREN BEGRIFFEN KANN NIEMAND NETT SEIN, DER NICHT WENIGSTENS DREI GEBETS-BÜCHER HAT".
Das Telefon auf meinem Schreibtisch hatte genau um vier geklingelt. Sie war wieder im Drugstore. Ich sagte ihr, sie solle raufkommen und nicht Mata Hari spielen.
ALLES, WAS ICH RAUSKRIEGTE, IST, DASS IN DIESER HÖHLE IN DER IDAHO STREET GRAS VERKAUFT WIRD. ALSO MARIHUANAZIGARETTEN.
OH, WIE GRÄSSLICH.
DAS GUTE GEHT IMMER MIT DEM SCHLECHTEN EINHER IN DIESEM LEBEN. ORRIN MUSS WAS GEMERKT HABEN UND HAT WOHL GEDROHT, ES DER POLIZEI ZU MELDEN. SIE HABEN IHM ERST MAL ANGST EINGEJAGT.
OH, DIE KÖNNTEN ORRIN NICHT ERSCHRECKEN, MR. MARLOWE. ER WIRD SEHR BÖSE, WENN LEUTE SICH MIT IHM ANLEGEN WOLLEN.
NA SCHÖN. ALSO SIE HABEN IHN NICHT ERSCHRECKT.
VIELLEICHT HABEN SIE IHM NUR EIN BEIN AB-GESCHNITTEN UND ES IHM UM DIE OHREN GES-CHLAGEN.
WAS MACHEN SIE DENN DANN... SCHREIBEN SIE AN DEN VERBRAU-CHERSCHUTZ?
WOLLEN SIE MIR ANGST EINJAGEN, MR. MARLOWE?
WENN, DANN WOHL OHNE GROS-SEN ERFOLG.
MR. MARLOWE, ICH HABE IHNEN ZWANZIG DOLLAR FÜR EINE TAGESARBEIT BEZAHLT. SIE HABEN HERAUSGE-FUNDEN, DASS ORRIN IN EINER SCHLECHTEN GEGEND GEWOHNT HAT. DAS HATTE ICH SCHON SELBST ERFAHREN. ICH HABE NICHT DEN EINDRUCK, DASS SIE EINE TAGESARBEIT GELEISTET HABEN.

MACHEN SIE SICH KEINE SORGEN. ICH HAB SIE NICHT MAL ANGEKRATZT.
GLAUB ICH NICHT.
DER TAG IST NOCH NICHT VORBEI. ABER BEI DEM BISSCHEN, WAS SIE MIR ERZÄHLT HABEN...
ICH HABE IHNEN ALLES GESAGT, WAS ICH WEISS!
WENN SIE DAS NICHT GLAUBEN, KANN ICH NICHTS DAGEGEN MACHEN.
WIE OFT SCHRIEB ER NACHHAUSE? BEVOR ER AUF-HÖRTE.
JEDE WOCHE. MANCHMAL ÖFTER.
WORÜBER?
SIE MEINEN, WORÜBER ER SCHRIEB?
WAS HABEN SIE DENN GEDACHT?
SIE BRAUCHEN MICH NICHT ANZUSCHNAUZEN. ER SCHRIEB ÜBER SEINE ARBEIT UND DIE FABRIK UND MANCHMAL ÜBER EINEN FILM, IN DEM ER GEWESEN WAR. ER SCHRIEB AUCH ÜBER DIE KIRCHE.
NICHTS ÜBER MÄDCHEN?
ICH GLAUBE NICHT, DASS ER SICH VIEL AUS MÄD-CHEN MACHTE.
AN WAS HATTE ER DENN SONST SPASS?
ER... ER HAT VIEL STUDIERT UND...
DAS IST ALLES?
ER HAT DIESE TEURE KAMERA, MIT DER ER GERNE FOTOS VON LEUTEN MACHT, DIE SICH UNBEOBACHTET FÜHLEN.
UND ER HÖRTE WANN ZU SCHREIBEN AUF?
UNGEFÄHR VOR DREI ODER VIER MONATEN.
VON WELCHEM DATUM IST DER LETZTE BRIEF?
ICH... ES TUT MIR LEID, ICH KANN IHNEN DAS NICHT GENAU SAGEN. ES WAR, WIE ICH GESAGT HABE...
ICH WEISS, WAS SIE MIR GESAGT HABEN. ICH SAGE IHNEN, WAS AN DER SACHE NICHT STIMMT.

„WAS HIER NICHT STIMMT, IST, DASS SIE KEINE ANGST HABEN. WEDER SIE NOCH IHRE MUTTER. UND SIE SOLLTEN HÖLLISCHE ANGST HABEN!“
„IN IHRER LAGE KANN ICH MIR EINFACH NICHT VORSTELLEN, DASS MAN ERST AUF DIE FERIEN WARTET, BIS MAN ANFÄNGT, FRAGEN ZU STELLEN. ICH KANN MIR AUCH NICHT VORSTELLEN, DASS MAN DIE POLIZEI UMGEHT.“
UND ICH KANN MIR AUCH IHRE LIEBE ALTE MUTTER NICHT VORSTELLEN, WIE SIE DASITZT. UND KEIN BRIEF VON ORRIN. KEINE NACHRICHT. UND ALLES, WAS SIE MACHT, IST TIEF AUFSEUFZEN UND NOCH EIN PAAR HOSEN FLICKEN.
SIE SIND EIN FÜRCHTERLICHER, ABSTOSSENDER MENSCH. WIE KÖNNEN SIE SAGEN, DASS MUTTER UND ICH UNS KEINE SORGEN GEMACHT HABEN!
WIE KÖNNEN SIE ES WAGEN!
SORGEN IM WERT VON GENAU ZWANZIG DOLLAR, MEINE LIEBE.
Sie trat einen halben Schritt zurück, stolperte beinahe und ich legte ganz instinktiv den Arm um sie.

DIESE AUGEN SIND WIRKLICH TOLL.
SIE HABEN SICHER GEDACHT, DAS WAR ABSICHT.
TJA..
Sie hob schnell einen Arm und legte ihn um meinen Hals und zog. Da küsste ich sie. Entweder das oder ihr eine schmieren.
SO MACHEN SIE'S WOHL MIT ALLEN KUNDEN.
ICH WOLLTE BLOSS NICHT, DASS SIE DAS GLEICHGEWICHT VERLIEREN.
ICH WUSSTE, DASS SIE EIN AUFMERKSAMER MENSCH SIND.
TUT MIR LEID, DASS ICH SO BÖSE WAR. ICH DENKE, DASS SIE SEHR NETT SIND. WIRKLICH. ICH RUFE AN.

Und draußen war sie, klapp-klapp-klapp den Gang entlang.
Das Telefon klingelte noch bevor ich wieder bei meinen Sorgen um Lester B. Clausen war. Die Stimme, die ich vernahm, war fett und verstopft, als ob sie einen Vorhang durchdringen müsste.
MARLOWE DORT?
AM APPARAT.
HABEN SIE EIN SICHERHEITSFACH, MARLOWE?
Langsam hing mir die Höflichkeit zum Hals heraus.
WENN SIE EINEN VORSCHLAG HABEN, MACHEN SIE IHN.
AUSSERDEM SAGT MAN „MISTER" ZU MIR, SOLANGE ICH NOCH KEIN GELD GEKRIEGT HABE.
ZÜGELN SIE MAL IHR TEMPERAMENT, GUTER FREUND. ETWAS MUSS SICHER VERWAHRT WERDEN. DAFÜR GIBT'S WAS ZWEISTELLIGES. HIER BEI MIR... WARTET AUF SIE.
WO WARTET ES?
ZIMMER 332, VAN NUYS HOTEL. KLOPFEN SIE ZWEIMAL SCHNELL, ZWEIMAL LANGSAM.
WIE IST IHR NAME?
EINFACH ZIMMER 332.
BESTEN DANK FÜR DIE MÜHE. ADIEU.
HALT. WARTEN SIE DOCH, IDIOT!
Die Stimme verlor ihre Weichheit.
WIE STEHT'S DENN SO IN BAY CITY, MARLOWE?
Ich brauchte neunundzwanzig Minuten, um zum Van Nuys Hotel zu kommen.

Früher mal, lange her, besaß es wohl eine gewisse Eleganz. Das war vorbei.
Erinnerungen an alte Zigarren hingen an der Decke und an den durchgedrückten Federn seiner ledernen Klubsessel.
Zimmer 332 war auf der Rückseite des Gebäudes, in der Nähe der Tür zum Feuerausgang. Der Korridor dorthin roch nach altem Teppich und Möbelwachs und nach der grauen Namenlosigkeit von tausend trübseligen Existenzen.
Der Hoteldetektiv, ein echter Trottel namens Flack, hatte mir erzählt, dass sich der Gast in Zimmer 332 um 14.47 Uhr unter dem Namen Dr. G. W. Hambleton aus El Centro, Kalifornien eingetragen hatte.
DR. HAMBLETON?
332
Natürlich musste ich es aus ihm rauskitzeln. Es gibt solche Tage. Jeder, den man trifft, hat eine Macke... Man fängt an, sich im Spiegel zu betrachten und zu grübeln.

DR. HAMBLETON?
Ich fühlte mich ausgelaugt und alt. Ich fühlte mich, als hätte ich mein Leben lang in billigen Hotels an Türen geklopft und niemand hätte daran gedacht zu öffnen.
DREHEN SIE SICH UM UND LEGEN SIE DIE HÄNDE AUF DEN RÜCKEN.
Es war nicht die Stimme, mit der ich am Telefon gesprochen hatte. Aber ich hatte sie schon einmal gehört.

GLAUBEN SIE NICHT, ICH MACH SPASS. ICH GEBE IHNEN DREI SEKUNDEN.
KÖNNEN WIR NICHT SAGEN EINE MINUTE? ICH SEHE SIE SO GERN AN.
ALSO GUT, WENN SIE ES SO HABEN WOLLEN.
Etwas hatte mich am Hinterkopf getroffen, aber es fühlte sich nicht an wie ein Pistolengriff.

Ich rappelte mich auf und ging ins Bad, um das Blut abzuwaschen.
Ich fragte mich, warum ich ihr nicht brüllend nachgerannt war.
Stattdessen warf ich einen Blick in das offene Medizinschränkchen über dem Waschbecken.
Jemand hatte etwas gesucht.
Ich ging zurück, um zu sehen, ob ich nicht etwas über den mysteriösen Dr. Hambleton rauskriegen konnte.
Er war die ganze Zeit über da gewesen, hatte sich aber nicht gerührt... aus gutem Grund.
Jemand hatte ihm einen Eisdorn in den Hals gesteckt.
Er trug ein Toupet. Das letzte Mal war sein Name George W. Hicks. Die gleichen Anfangsbuchstaben. Nicht dass es noch drauf ankäme. Ich würde nicht mehr mit ihm sprechen.
Ich fragte mich, was er falsch gemacht hatte. Er schien ein ziemlich schlauer Kopf gewesen zu sein.

Worum es jetzt ging, war, ob die Leute, die Dr. Hambleton den Eisdorn appliziert hatten, das, was sie suchten, gefunden hatten.
Der Schreibtisch war durchsucht worden. Die Hotelbibel war in die Ecke geworfen worden. Das Gehäuse der Telefonklingel war geöffnet worden. Das Schweißband seines Hutes war mit einem spitzen Messer aufgetrennt worden.
So sah es aus. Wenn die Killer wussten, was sie suchten, dann war es etwas, das in einem Buch versteckt werden konnte, in einem Klingelkasten, einer Tube Zahnpasta oder in einem Hutband.
Oder...
...unter einer Perücke.
Sie hatten sehr wenig Zeit gehabt. Es war nicht viel mehr als eine halbe Stunde vergangen, seit ich den Anruf bekommen hatte.
Ich sah keine Möglichkeit, die Bullen aus dieser Sache rauszuhalten, darum ging ich auf ein Wort zu meinem Kumpel Flack. Er hatte sicher lange keinen erstklassigen Eisdornjob mehr gesehen.
BAY CITY
CAMERA SHOP
NR 162
George W. Hicks
149 Idaho Street
Bay City
enlarged Prints from Negative

„RÜCKENMARKSVERLETZUNG GENAU UNTER DEM HINTERHAUPTKNOCHEN. EIN SEHR EMPFINDLICHER PUNKT. WENN MAN WEISS, WO ER IST. DER DAS HIER GEMACHT HAT, WAR EIN KÖNNER. ERWISCHTE DAS RÜCKENMARK GLEICH BEIM ERSTEN MAL."
UND NOCH WAS... DER BURSCHE MUSS STILL HALTEN, DAMIT ES GEHT. DAS HEISST, ES WAR MEHR ALS EINER, ER WAR BETÄUBT ODER DER KILLER WAR EIN FREUND VON IHM.
WIE DER BETÄUBT GEWESEN SEIN KANN, IST MIR UNKLAR, WENN ES DER WAR, DER MICH ANGERUFEN HAT.
L.A.P.D.
WENN, UND DA SIE JA DEN MANN NICHT KENNEN... WIE SIE SAGEN... BESTEHT IMMER EINE MÖGLICHKEIT, DASS SIE DIE STIMME AUCH NICHT KENNEN. KÖNNEN SIE MIR FOLGEN ODER DENKE ICH ZU RASCH?
ICH WEISS NICHT. WAS SCHREIBEN DENN IHRE VEREHRER?
DAS IST REINE VERSCHWENDUNG, FRENCH.

„SIE HABEN DIESE TECHNIK IN BROOKLYN ENTWICKELT. DIE BURSCHEN VON SUNNY MOE STEIN HABEN SICH DARAUF SPEZIALISIERT, ABER SIE HABEN ES ÜBERTRIEBEN. ES WAR SO WEIT GEKOMMEN, DASS MAN ÜBER KEIN LEERES GRUNDSTÜCK GEHEN KONNTE, OHNE EIN STÜCK ARBEIT VON IHNEN ZU FINDEN. DANN KAMEN SIE HIERHER."
„VIELLEICHT HABEN WIR MEHR LEERE GRUNDSTÜCKE."
NUR EINS IST KOMISCH. ALS WEEPY MOYER LETZTEN FEBRUAR SUNNY MOE STEIN IN DER FRANKLIN AVENUE KALTMACHEN LIESS, HAT DER AUFTRAGSKILLER ES MIT EINEM REVOLVER ERLEDIGT. MOE HÄTTE DAS GAR NICHT GEFALLEN.
WER IS'N WEEPY MOYER?
ER WAR DER ZWEITE IN DER BANDE. DAS HIER KÖNNTE VON IHM KOMMEN. NATÜRLICH BRAUCHT ER ES NICHT SELBST GEMACHT ZU HABEN.
WARUM NICHT?
LEST IHR KERLE DENN NIE ZEITUNG, FLACK? MOYER IST JETZT EIN FEINER HERR. HAT SOGAR EINEN ANDEREN NAMEN. FEINE HERREN GEBEN AUFTRÄGE.
UND WAS SUNNY MOE STEIN BETRIFFT, DA HATTEN WIR IHN ZUFÄLLIG GERADE IM GEFÄNGNIS WEGEN GLÜCKSSPIELS. WIR KONNTEN IHM NICHTS BEWEISEN. ABER WIR HABEN IHM EIN SCHÖNES ALIBI VERSCHAFFT.
HABEN SIE WAS ÜBER MOYER IN DER HAND GEHABT?
NUR UNTER UNS PFARRERS-TÖCHTERN...
...WIR KONNTEN NIE BEWEISEN, DASS DER, DEN WIR HATTEN, MOYER WAR.
Ich hatte eine Idee, aber die war ziemlich wacklig. Ich lehnte an der Wand und sortierte meine Finger, während sie den Fall durchgingen.

ALSO GUT. DER GASTHATTE ETWAS BEI SICH, DAS ER NICHT GERN HIERBEHALTEN WOLLTE. DAS HEISST, ER WUSSTE,DASS JEMAND HINTER IHM HER WAR UND IMMER NÄHER KAM. ALSO BIETET ER MARLOWE HUNDERT DOLLAR, DAMIT ER ES FÜR IHN VERWAHRT.
ES MUSSTE SCHON ETWAS HALBLEGALES SEIN. SO RICHTIG, MARLOWE?
DAS „HALB" KÖNNEN SIE WEGLASSEN.
ES MUSS ETWAS GEWESEN SEIN, DAS MAN FLACH ODER ZUSAMMENGEROLLT LAGERNKONNTE. WIR WISSEN NICHT, OB ES GEFUNDEN WURDE.
KANN MAN FESTSTELLEN, WER IHN BESUCHT HAT?
MAN BRAUCHT NICHT AM EMPFANG VORBEI, UM ZUM LIFT ZU KOMMEN.
VIELLEICHT WAR DAS EIN GRUND, WARUM ER EINGEZOGEN IST. UND DIE GEMÜTLICHE ATMOSPHÄRE.
NUN MAL HALBLANG...!
BITTE, MR. FLACK, RAUBEN SIE UNS DOCH NICHT UNSER KLEINES VERGNÜGEN.
NA GUT. DER, DER IHN UMGELEGT HAT, KONNTE REIN UND RAUS, OHNE DASS JEMAND FRAGTE. DAS IST AUCH ALLES, WAS WIR WISSEN. STIMMT'S, BEIFUS?
NICHT GANZ.

Ohne Perücke erkannten Beifus und French in Dr. Hambleton einen Mileaway Marston, der früher für einen Gangster namens Ace Devore geschmuggelt hatte.
Bei dem Gedanken, dass der Tod eines kleinen Gauners sie nicht rund um die Uhr beschäftigen würde, war ihnen schon wohler. Mir half das wenig.
Ich wählte jemand an, der Peoria Smith hieß, einen Studioganoven, der Geheimnummern und Adressen verscherbelte.
Geheimnummern und Adressen von Filmstars, um genau zu sein.
SIND SIE SICHER, DASS SIE DIE FOTOS DABEIHABEN, AMIGO? SZENENAUFNAHMEN SIND EIN BISSCHEN ZU GROSS FÜR IHRE TASCHEN.
FÜR MISS WELD PERSÖNLICH. VERZEIHUNG.
ICH HABE IHNEN DOCH GESAGT, SIE NIMMT EIN BAD.
ICH WARTE.
LIFE
MAVIS WELD
NATÜRLICH. ICH BIN MIR VOLLKOMMEN KLAR, DASS SIE EIN LÜGNER SIND UND KEINERLEI FOTOS HABEN. ICH WILL GAR NICHT FRAGEN, WASFÜR EIN GESCHÄFT SIE HABEN... BESTIMMT IST ES WAS SEHR PRIVATES.
ACH NEE.
VIELLEICHT MÖCHTEN SIE IHR HELFEN? DAS BAD IST DA DRÜBEN... DURCH DEN DURCHGANG UND NACH RECHTS. SEHR WAHRSCHEINLICH IST DIE TÜR NICHT ZUGESCHLOSSEN.
WENN ES SO LEICHT IST... NEIN.

OH, SIE MÖGEN ES GERN SCHWIERIG IM LEBEN. ICH MUSS AUF-PASSEN, DASS MAN NICHT SO LEICHT BEI MIR ANKOMMT, WAS?
MACHEN SIE SICH KEINE MÜHE, MISS GONZALES. ICH HAB NUR ETWAS ZU ERLEDIGEN.
SIE SIND EIN SEHR SÜSSER MISTKERL. SIE KÖNNEN MICH DOLORES NENNEN, WENN SIE WOLLEN.
Ich fühlte ihre Hand in meiner Brusttasche.
Ich drückte sie weg, aber sie hatte meine Brieftasche, mit Fingern, die herumschossen wie kleine Schlangen.
FREUT MICH, DASS IHR EUCH SO GUT VERSTEHT.

ER HEISST PHILIP MARLOWE. NETT... FINDEST DU NICHT?
Es war die Stimme, die ich im Hotel gehört hatte, nur diesmal war da kein Handtuch und keine Sonnenbrille. Aber jedenfalls war es dasselbe Mädchen, mit oder ohne dunkle Brille.
ICH HABE NICHT GEDACHT, DASS DU DIR DIE MÜHE MACHST, NACH DEM NAMEN ZU FRAGEN. MEISTENS KENNST DU SIE GAR NICHT LANGE GENUG.
WAS FÜR EINE REIZENDE ART, EIN MÄDCHEN EINE HURE ZU NENNEN.
WENIGSTENS HABE ICH IN LETZTER ZEIT NICHT MIT PISTOLENHELDEN GESCHLAFEN.
BIST DU SICHER?
MACH DIE TÜR AUF, LIEBLING. HEUTE IST DER TAG, UM DEN ABFALL RAUSZUTRAGEN.
Die Gonzales blickte langsam über die Schulter auf sie, sehr gerade, mit einem Messer in den Augen.
Dann riss sie die Tür weit auf. Hinter ihr fiel sie zu, mit einem schmetternden Knall.

Der Lärm bewirkte noch nicht einmal ein Zucken in dem gleichförmigen Glanz von Mavis Welds Augen.
WIE WÄR'S, WENN SIE DAS GLEICHE TÄTEN... NUR ETWAS RUHIGER.
ICH HABE WAS MIT IHNEN ZU BESPRECHEN, MISS WELD.
JA, KANN ICH MIR VORSTELLEN. ZIEH LEINE, KLEINER TRÄUMER. ICH KENNE SIE NICHT. ICH WILL SIE NICHT KENNEN. UND WENN, DANN WÄRE DAS WEDER DER TAG DAFÜR NOCH DIE STUNDE.
„ZEIT UND ORT UND DER GELIEBTE... NIE SIND SIE ALLE ZUSAMMEN."
„WAS IST LOS?"
„BROWNING. DER DICHTER, NICHT DIE AUTOMATIK. ICH BIN SICHER, DASS SIE DIE AUTOMATIK LIEBER HÄTTEN."
MUSS ICH ERST DEN VERWALTER HOLEN, DAMIT ER SIE DIE TREPPE RUNTERDOTZT WIE EIN BASKETBALL?
WENN SIE SO NAHE BEI MIR STEHEN WOLLEN, SOLLTEN SIE VIELLEICHT LIEBER ETWAS ANZIEHEN.

HABE ICH IHNEN WEH-GETAN?
JA.
DAS IST GUT.
SIE SOLLTEN MICH LIEBER KÜSSEN.
ES GIBT NUR EINEN GRUND, WARUM ICH ES NICHT TUE.
NICHT MAL, WENN SIE IHRE KLEINE SCHWARZE PISTOLE DABEI-HÄTTEN.
ODER DEN SCHLAGRING, DEN SIE SICHER IM NACHTTISCH LIEGEN HABEN.
WENN ICH IHNEN KEINE ANGST MACHEN, SIE NICHT REIN-LEGEN ODER VERFÜHREN KANN, WIE KANN ICH SIE SONST HER-UMKRIEGEN?
NA, HUNDERT DOLLAR WÜRDEN REICHEN... FÜR DEN ANFANG.
SIE SIND BILLIG. NENNT MAN HUNDERT PIEPEN SCHON GELD IN DEINEN KREISEN, LIEBLING?
SCHÖN, SAGEN WIR ZWEIHUNDERT. DAMIT KANN ICH IN PENSION GEHEN.

UND WAS WÜRDE ICH DANN FÜR DAS GELD KRIEGEN, MEIN SÜSSER KLEINER SCHNÜFFLER?
EINE QUITTUNG. WER HAT IHNEN GESAGT, DASS ICH EIN SCHNÜFFLER BIN?
ES MUSS WOHL DER GERUCH GEWESEN SEIN.
ALLMÄHLICH GLAUBE ICH, DASS SIE IHRE EIGENEN DIALOGE SCHREIBEN. ICH HABE MICH IMMER GEFRAGT, WAS AN IHNEN SO BESONDERS WAR.
UND DAMIT HABE ICH WOHL MEINEN VORRAT AN MÄDCHENHAFTEM CHARME AUFGEBRAUCHT.
ICH HABE NIE GEGLAUBT, DASS SIE IHN GETÖTET HABEN. ABER ICH MÜSSTE EINEN GRUND HABEN, WENN ICH NICHT ERZÄHLEN SOLL, DASS SIE DORT WAREN.
ES IST GANZ PRAKTISCH, WENN MAN GELD FÜR EINE ANZAHLUNG KRIEGT. ES WÄRE EINE BASIS... WENN ICH NOCH DIE INFORMATIONEN BEKÄME, OHNE DIE ICH ES NICHT ANNEHMEN KANN...
LIEBER HIMMEL! SOLL ICH JEMANDEN ERMORDET HABEN?
HÖREN SIE, SIE WERDEN ES NICHT GLAUBEN. ABER ICH BIN HIERHER GEKOMMEN MIT DER KOMISCHEN IDEE, DASS SIE VIELLEICHT EINE FRAU SIND, DIE HILFE BRAUCHT.

LIFE
ICH HABE MIR ÜBERLEGT, DASS SIE WOHL IN DIESES HOTEL GEGANGEN SIND, UM IRGENDJEMAND ZU SCHMIEREN.
ABER SIE SIND NICHT IN DER TINTE. SIE STEHEN DIREKT UNTER DEM KLEINEN SCHEINWERFER UND SPIELEN DAS GANZE REPERTOIRE HERUNTER WIE FÜR DIE MIESESTEN HOLLYWOODSCHINKEN, IN DENEN SIE EINE ROLLE HATTEN.
UND DA SIE RISKIERT HABEN, DASS MAN SIE ERKANNTE, HABE ICH GEDACHT, DASS SIE IN SO EINEM HOLLYWOOD-SCHLAMASSEL STECKEN, DER BEDEUTET… SCHLUSS MIT DER KARRIERE.
MAVIS WELD:
AUFHÖREN! HÖREN SIE AUF, SIE SCHMIERIGER, ERPRESSERISCHER SCHLÜSSELLOCHGUCKER.
SIE BRAUCHEN MICH NICHT. SIE BRAUCHEN KEINEN MENSCHEN. SIE SIND SO VERDAMMT SCHLAU. SIE KÖNNTEN SICH SOGAR AUS EINEM BANKSAFE HERAUSREDEN.
OKAY. NUR ZU, REDEN SIE SICH RAUS. ICH HALTE SIE NICHT AB. ABER SAGEN SIE DANN NICHT, ICH SOLL ZUHÖREN.
Sie bewegte sich nicht und sie atmete nicht, als ich an der Tür war und auch nicht, als ich öffnete. Ich weiß nicht warum. So gut war der Schnaps auch nicht.
CRESTVIEW COURTS

Ich dachte an einen Film, in dem Mavis Weld mitspielte. Eine dieser Chrom-und-Glas-Affären, wo alle zu viel lächelten und es genau wussten.
Die Damen stiegen ständig eine weit geschwungene Treppe hinauf, um ihre Kleider zu wechseln. Die Herren nahmen ständig Zigaretten mit Monogramm aus teuren Etuis und knipsten sie sich gegenseitig mit teuren Feuerzeugen an.
Mavis Weld spielte die zweite Heldin und sie spielte sie gedämpft. Sie war gut, aber sie hätte zehnmal besser sein können.
Aber wenn sie zehnmal besser gewesen wäre, hätte man die Szenen rausgenommen, um dem Star nicht zu schaden. Es war eine saubere Seiltänzerei.
Aber von jetzt an würde es kein Hochseil mehr sein, auf dem sie ging. Es würde ein Klavierdraht sein. Und sehr hoch gespannt.
Und kein Netz würde darunter sein.
MR. MARLOWE ODER IRRE ICH?
ICH HEISSE QUADDEL. JOSEPH P. QUADDEL.
ES IST ETWAS SPÄT FÜR EINEN GESCHÄFTSBESUCH. HOFFENTLICH MACHT ES IHNEN NICHTS AUS.

AVENUE
HOLLYWOOD BLVD
GO
LIQUOR
Owl
STOP

Die meisten Türen entlang des Flurs waren dunkel, aber nicht alle.
Auch in anderen Geschäften arbeiteten die Leute nachts.
Der ganze Lärm des Gebäudes, abgesehen von den Staubsaugern, schien ausgelaufen zu sein, auf die Straße und schien sich zwischen den kreisenden Rädern zahlloser Wagen verlaufen zu haben.
Dann fing jemand draußen, irgendwo im Gang, zu pfeifen an...
»Lilli Marleen«... elegant und virtuos.
615
PHILIP MARLOWE
INVESTIGATIONS
Ich wusste, wer das war, obwohl ich ihm in diesem Moment nicht viel Beachtung schenkte...

HOFFENTLICH SIND SIE NICHT SCHON VÖLLIG AUS-GEFÜLLT MIT IHREN GESCHÄFTEN, MR. MARLOWE?
SPOTTEN SIE NICHT. MEINE NERVEN SIND DÜNN.
WER IST DENN DER ANDERE KAPUTTE TYP?
KOMM MAL HER, ALFRED. UND ZIER DICH NICHT SO.
IN'N ARSCH STECKEN.
IST SCHON EIN PROBLEM, DIESER ALFRED. ICH HABE IHN WEG VON DEM STOFF... WENIGSTENS ZEITWEISE.
Ich fragte mich, wovon er runter sei. Seine Nase zuckte und sein Mund zuckte und seine Hände zuck-ten.
Aber an seinen Be-wegungen mit der Waffe war gar nichts Nervöses dran.

SAG MAL „GUTEN TAG" ZU MR. MARLOWE, ALFRED.
IN'N ARSCH STECKEN.
Die Waffe zielte auf meine Brust.
Sein Finger legte sich auf den Drücker. Ich beobachtete den Finger.
Ich wusste genau, bei welcher Stellung des Fingers sich der Bolzen lösen würde.
Es war schon fast egal.
Es passierte irgendwo anders...
...in einem miesen Film.
Es passierte nicht mit mir.

Der Bolzen der Automatik klackte ins Leere.
ICH HABE DAS MAGAZIN.
ALFRED SPURT NICHT MEHR RICHTIG NEUERDINGS. DAS KLEINE MISTSTÜCK HÄTTE SIE VIELLEICHT ERSCHOSSEN.
Ich ließ meine Absätze wieder zu Boden.
WIR WOLLEN IN MEINEN SALON GEHEN.
SIE HABEN NICHT ZUFÄLLIG EINEN COMIC HIER, ODER? ER BLEIBT DANN ARTIG.
SETZEN SIE SICH. ICH SCHAUE MAL NACH.
DAS WERDEN SIE NICHT BRAUCHEN.
UMSO BESSER. ABER FALLS DOCH... BITTE SEHR.

VIELLEICHT HABEN WIR ES FALSCH ANGEFANGEN.
MACHT ES IHNEN WAS AUS, WENN ICH MEINE HAND IN DIE TASCHE STECKE?
FÜNF ZWEISTELLIGE. UND DAS BLOSS FÜR EIN NASEN-SCHNEUZEN.
Ich sah ihn nur an.
Alfred ließ seinen Stuhl wieder auf den Boden kippen und starrte das Geld an... sein Mund bibberte.
SIE SUCHEN NIEMAND. SIE HABEN KEINEN FINDEN KÖNNEN. SIE HABEN KEINE ZEIT, UM ZU ARBEITEN. SIE HÖREN NICHTS UND SIE SEHEN NICHTS. ALLES KLAR. FÜNF KLARE MIT ZWEI NULLEN. IN ORDNUNG?
MACH'S DIR LEICHT, MANN.
IST GANZ EINFACH. DAS IST EIN VORSCHUSS. SIE BRAUCHEN NICHTS ZU TUN DAFÜR. WAS SIE TUN, IST NICHTS. WENN SIE EINE ORDENTLICHE ZEIT LANG GAR NICHTS TUN, KRIEGEN SIE SPÄTER NOCH MAL SO VIEL.
IST DOCH EINFACH, ODER?
UND FÜR WEN TUE ICH DIESES NICHTS?
FÜR MICH. JOSEPH P. QUADDEL. AGENT, KÖNNTEN SIE SAGEN. EIN BURSCHE, DER EINEM BURSCHEN WAS GUTES TUN WILL, DER EINEM BURSCHEN KEINEN ÄRGER MACHEN WILL.
UND WER IST DIE BLONDINE?

VIELLEICHT SIND SIE SCHON ZU TIEF DRIN.
SIE KENNEN SICHER SHERRY BALLOU?
NEE.
SHERIDAN BALLOU, DIE FIRMA. DEN GROSSEN AGENTEN.
SOLLTEN SIE MAL GELEGENTLICH AUFSUCHEN.
IST ER IHR AGENT?
VIELLEICHT.
SIE WISSEN DOCH GENAU, DASS WIR NUR KLEINE FISCHE SIND, MR. MARLOWE. SONST NICHTS. NUR EIN PAAR GANZ KLEINE FISCHE.
JEMAND WOLLTE EIN BISSCHEN WAS ÜBER SIE ERFAHREN. UND SO SCHIEN ES AM LEICHTESTEN ZU GEHEN.
BIN MIR NICHT MEHR SO SICHER, OB SIE DAS GELD BEHALTEN KÖNNEN. LOS, ALFRED.
Alfreds Augen verdrehten sich, sie folgten ihm... dann machte er einen Satz zum Geld hin.
Pfeilschnell wie ein Aal nahm er das Geld und es verschwand in seiner Tasche.
Er grinste mir zu, ein glattes, sanftes, leeres Grinsen, nickte und entfernte sich, wobei er anscheinend gar nicht wahrgenommen hatte, dass ich ebenfalls eine Waffe hielt...

Sheridan Ballou. Der große Hollywoodagent.
Noch mehr Filmstars. Noch mehr blaue und rosa Badewannen. Noch mehr Betten mit Quasten. Noch mehr Chanel No 5. Noch mehr Lincolns Continental und noch mehr Cadillacs. Noch mehr sturmzerzaustes Haar und Sonnenbrillen und Getue und affektierte Stimmen und Strandhausmoral.
Jetzt halt mal an. Gibt doch ganz nette Leute, die beim Film arbeiten. Du hast die falsche Einstellung, Marlowe.
Du bist heute nicht menschlich.
Na gut, warum sollte ich auch? Da sitze ich in diesem Büro und hereinplatzt dieser armselige kleine Gegenstand aus Manhattan, Kansas und klopft mich klein zu einem mickerigen Zwanziger, der ihren Bruder finden soll. Der muss eine trübe Tasse sein, aber sie will ihn unbedingt finden.
Nun mache ich mich also, meinen Schatz an die Brust drückend, auf nach Bay City, und was mir da begegnet, ist eine derart müde Routine, dass ich fast im Stehen einschlafe. Ich lerne nette Menschen kennen, mit oder ohne Stich im Hals. Ich gehe fort und bin ganz ohne Deckung.
Dann kommt sie an, nimmt mir die Zwanzig weg, weil ich nicht einen ganzen Tag lang gearbeitet habe, gibt mir einen Kuss und gibt mir die Zwanzig wieder.
Also besuche ich Dr. Hambleton,einen pensionierten (und wie!) Augenarzt aus El Centro und stoße schon wieder auf diesen neumodischen Halsschmuck. Und den Bullen sage ich nichts. Ich nehme bloß das Toupet aus und spiele ihnen was vor.
Warum? Für wen lass ich mir den Hals abschneiden? Für eine Blondine mit rasanten Augen und zu vielen Schlüsseln? Für eine Maid aus Manhattan, Kansas?
Ich weiß, dass es etwas anders ist, als es aussieht und mein alter, müder, aber immer zuverlässiger Riecher sagt mir... wenn das Spiel so gespielt wird, wie die Karten verteilt sind, dann wird die falsche Person den Einsatz verlieren.
Ist das mein Bier? Weiß ich das? Habe ich das irgendwann gewusst? Lassen wir das.
Du bist nicht menschlich heute Abend, Marlowe.

Das Telefon klingelte. Ich ließ es klingeln. Mir reichte es für einen Tag.
Meinetwegen hätte es die Königin von Saba sein können, in ihrem Cellophanpyjama oder ohne ihn... ich war zu müde.
EF
3
ABC
2
1
627
Nichts zu machen. Ich musste zurück. Instinkt war stärker als Müdigkeit.
OH, MR. MARLOWE, SO LANGE VERSUCHE ICH SCHON, SIE ZU ERREICHEN.
ICH HABE WAS VON ORRIN GEHÖRT.
SIE SIND EINE SÜSSE KLEINE LÜGNERIN. VERSUCHEN SIE'S NOCH MAL, WENN ICH NICHT SO MÜDE BIN.
IN ORDNUNG, MR. MARLOWE. ICH BIN JETZT SO WEIT UND RUFE DIE POLIZEI.
ABER ICH TUE ES GAR NICHT GERN.
MORD IST EIN SEHR HÄSSLICHES WORT... FINDEN SIE NICHT?...
KOMMEN SIE HER. ICH WARTE.

Diesmal kam sie forsch herein.
Auf ihrem Gesicht war so ein kleines, dünnes, helles Lächeln.
WAS DEN MORD BETRIFFT… JEMAND, DEN ICH KENNE? WIE ICH SEHE, SIND SIE NICHT ERMORDET… NOCH NICHT.
BITTE, NICHT SO GRÄSSLICH. AM TELEFON HABEN SIE MIR NICHT GLAUBEN WOLLEN, ALSO MUSSTE ICH SIE IRGENDWIE ÜBERZEUGEN.
NA GUT. ICH BIN ÜBERZEUGT. WER IST ERMORDET WORDEN?
DIESER SCHRECKLICHE MANN IN DER PENSION. MR.... MR.... ICH HABE DEN NAMEN VERGESSEN.
HÖREN SIE MAL, ORFAMAY, ICH FRAGE SIE GAR NICHT, WOHER SIE DAS ALLES WISSEN. ODER BESSER, WOHER ORRIN DAS ALLES WEISS.
SIE HABEN IHN ALSO GEFUNDEN. DAS WAR JA DAS, WAS ICH FÜR SIE TUN SOLLTE. ODER ER HAT SIE GEFUNDEN, WAS AUF DASSELBE HINAUSLÄUFT.

ES IST NICHT DASSELBE. ICH HABE IHN GAR NICHT RICHTIG GEFUNDEN.
ER WOLLTE MIR NICHT SAGEN, WO ER WOHNT. ER WOLLTE MIR ÜBERHAUPT NICHTS SAGEN.
NUR ETWAS ÜBER MORDE. ÜBER SO KLEINIGKEITEN.
DAS WAR EINE LÜGE. ALLES, WAS ICH GESAGT HABE, WAR GELOGEN. ER HAT MICH NICHT ANGERUFEN. ICH...ICH WEISS GAR NICHTS.
DAS... DAS HAB ICH NUR GESAGT, UM IHNEN ANGST ZU MACHEN. ICH WEISS GAR NICHTS VON EINEM MORD. SIE HABEN SO KALT UND WEIT WEG GEKLUNGEN.
NEHMEN SIE BLOSS DIESES GELD WEG. STIFTEN SIE'S FÜR EIN KRANKEN-HAUS ODER EIN FORSCHUNGSINSTITUT. ES MACHT MICH GANZ NERVÖS.
ABER SIESUCHEN MIR ORRIN, NICHT WAHR?
JA, ICH SUCHE IHN, WENN ER NOCH LEBT.
UND GRATIS. KEINE ZEHN CENTS AUSLAGEN DABEI. NUR ETWAS WILL ICH DAFÜR WISSEN.
WER WAR DAS SCHWARZE SCHAF IN IHRER FAMILIE?
SIE HABEN GESAGT, ORRIN WAR NICHT DAS SCHWARZE SCHAF IN DER FAMILIE. WISSEN SIE NOCH? MIT EINER BESONDEREN BETONUNG.
UND ALS SIE IHRE SCHWESTER LEILA ERWÄHNTEN, DA SIND SIE SCHNELL DRÜBER WEGGEGANGEN.

ICH... ICH ERINNERE MICH NICHT, DASS ICH SO WAS GESAGT HABE.
DAS HABE ICH MIR GEDACHT. WAS FÜR EINEN NAMEN BENUTZT IHRE SCHWESTER BEIM FILM?
FILM? ABER ICH HABE DOCH NIE GESAGT...
KEHREN SIE VOR IHRER EIGENEN TÜR MIT MEINER SCHWES-TER LEILA.
LASSEN SIE MEINE SCHWESTER LEILA AUS IHREN SCHMUTZIGEN REDEN.
ICH HASSE SIE!
Ein ziemlich komisches Mädchen.
BAY CITY CAMERA SHOP
Wirklich ziemlich komisch...

Um acht Uhr fünfundvierzig am nächsten Morgen hatte ich schon die Zeitung von Los Angeles durch geackert, in der nichts über Eisdorne im Van Nuys Hotel oder sonst einem Hotel stand. Nicht mal »Geheimnisvoller Tod in einem City Hotel« ohne Angabe von Namen oder der Art der Waffe.
Bay City Camera Shop
HOTEL
HOTEL
Die »Bay City News« waren sich nicht zu gut, um über einen Mord zu berichten.
Sie setzten ihn gleich auf die Titelseite, direkt neben die Fleischpreise.
A GRAND Gift ANYTIME
Einheimischer in Pension Idaho Street erstochen aufgefunden
NA, DA HÄTTEN WIR'S JA, MR. HICKS...
...ACHT VERGRÖSSERUNGEN VON IHREM NEGATIV.
DANKE.
SIE SIND DOCH MR. HICKS, ODER...?

Ich ging hinaus, setzte mich in den Wagen und betrachtete den Fang.
HOTEL HOTEL
Auf den Bildern waren ein Mann und ein blondes Mädchen zu sehen, die in einer Ecke eines Restaurants saßen. Das Tischtuch hatte ein Muster mit kleinen tanzenden Paaren.
Es war also das Lokal» The Dancers«.
Das Mädchen war Mavis Weld. Den Mann erkannte ich nicht. Warum hätte ich ihn erkennen sollen.
Ich dachte mir, es muss mit einer versteckten Kamera gemacht worden sein. Es war nicht schwer zu erraten, wer das Bild geknipst hatte.
Mr. Orrin P. Quest musste sich rasch und geschmeidig bewegt haben, dass er das Gesicht noch vorne am Kopf hatte.
Hollywood Citizen-News

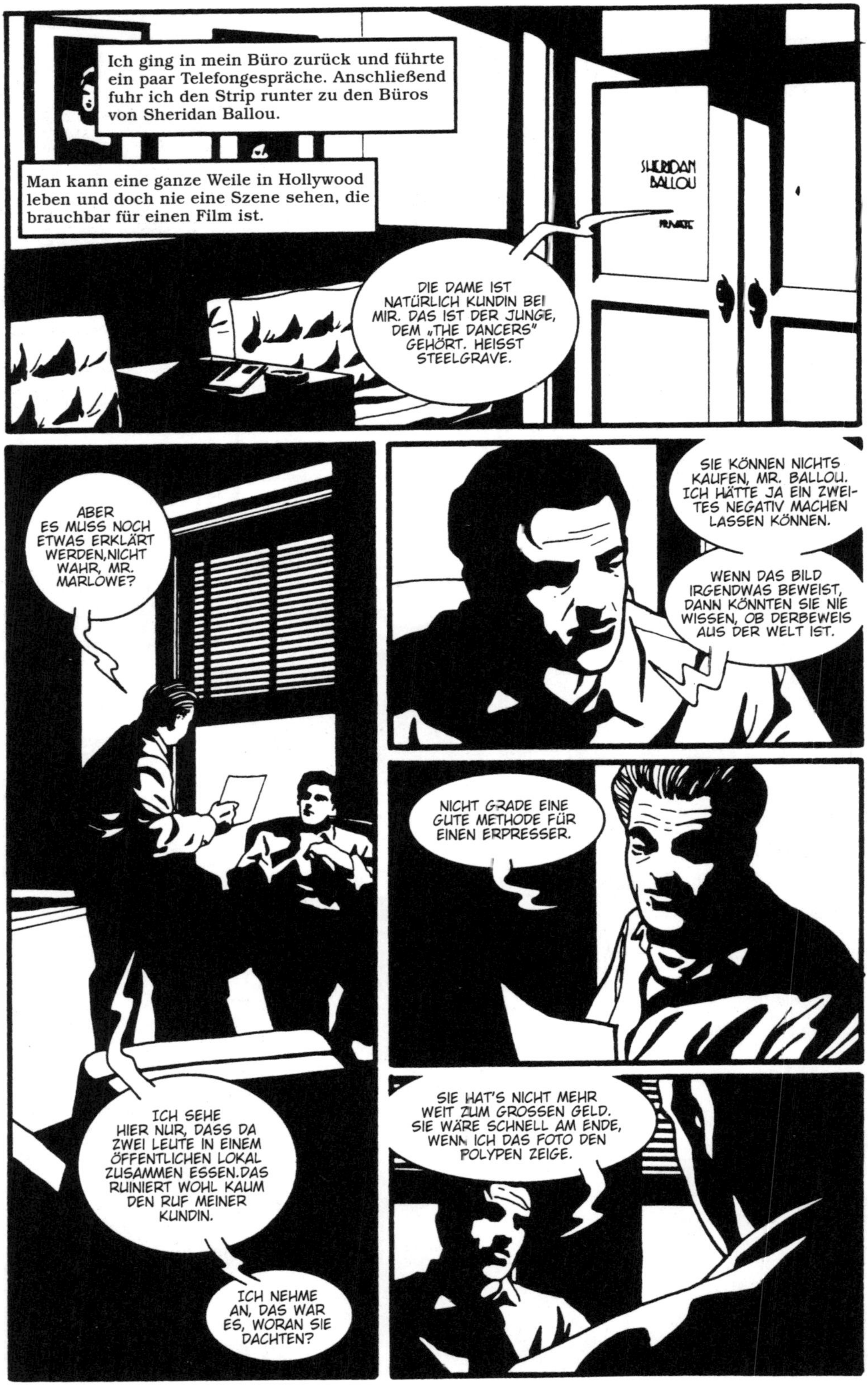
Ich ging in mein Büro zurück und führte ein paar Telefongespräche. Anschließend fuhr ich den Strip runter zu den Büros von Sheridan Ballou.
Man kann eine ganze Weile in Hollywood leben und doch nie eine Szene sehen, die brauchbar für einen Film ist.
SHERIDAN BALLOU
PRIVATE
DIE DAME IST NATÜRLICH KUNDIN BEI MIR. DAS IST DER JUNGE, DEM „THE DANCERS" GEHÖRT. HEISST STEELGRAVE.
ABER ES MUSS NOCH ETWAS ERKLÄRT WERDEN,NICHT WAHR, MR. MARLOWE?
ICH SEHE HIER NUR, DASS DA ZWEI LEUTE IN EINEM ÖFFENTLICHEN LOKAL ZUSAMMEN ESSEN.DAS RUINIERT WOHL KAUM DEN RUF MEINER KUNDIN.
ICH NEHME AN, DAS WAR ES, WORAN SIE DACHTEN?
SIE KÖNNEN NICHTS KAUFEN, MR. BALLOU. ICH HÄTTE JA EIN ZWEITES NEGATIV MACHEN LASSEN KÖNNEN.
WENN DAS BILD IRGENDWAS BEWEIST, DANN KÖNNTEN SIE NIE WISSEN, OB DERBEWEIS AUS DER WELT IST.
NICHT GRADE EINE GUTE METHODE FÜR EINEN ERPRESSER.
SIE HAT'S NICHT MEHR WEIT ZUM GROSSEN GELD. SIE WÄRE SCHNELL AM ENDE, WENN ICH DAS FOTO DEN POLYPEN ZEIGE.

ICH MÜSSTE ES ERST MAL IN VERBINDUNG BRINGEN MIT EINER ANDEREN SACHE...
... ETWAS, DAS GESTERN NACHMITTAG IM VAN NUYS HOTEL PASSIERT IST.
WIESO WÜRDE DIE DAS INTERESSIEREN?
ICH WÜRDE ES MIT MAVIS WELD IN VERBINDUNG BRINGEN... DIE NICHT MIT MIR REDEN WILL.
JA, SIE HAT MICH VOR IHNEN GEWARNT.
SIE HAT MIR VON GESTERN ABEND ERZÄHLT.
EIN PRIVATDETEKTIV NAMENS MARLOWE WOLLTE IHR SEINE DIENSTE AUFZWINGEN, AUFGRUND DER TATSACHE, DASS SIE IN EINEM HOTEL IN DER CITY GESEHEN WURDE, IN UNANGENEHMER NÄHE EINES ORTES, WO EIN MORD VERÜBT WORDEN WAR.
SIE HAT IHNEN AUCH GESAGT, DASS SIE BÖS IN DER TINTE SITZEN WÜRDE, WENN MIR NICHT DAS MAUL GESTOPFT WÜRDE.
ALSO PROBIERTEN SIE ES MIT EINER MISCHUNG AUS SCHMIERGELD UND DROHUNG.
HAT NICHT HINGEHAUEN.
SIE MACHEN MIR SPASS, MARLOWE. ALSO WIRKLICH. SIE SIND SO DURCHSICHTIG.
JETZT WOLLEN SIE MICH ALS SCHAUFEL BENUTZEN, DAMIT SIE SICH AUS DEM DRECK BEFREIEN KÖNNEN.
DA IST WAS WAHRES DRAN.
ABER DER DRECK IST GAR NICHTS GEGEN DEN DRECK, IN DEM IHRE KUNDIN SITZEN WÜRDE, WENN ICH NICHT DAS GEMACHT HÄTTE, WESWEGEN ICH IM DRECK SITZE.
DER MENSCH, DER DAS FOTO AUFGENOMMEN HAT, IST VERMISST UND UNAUFFINDBAR. ER IST WAHRSCHEINLICH TOT.
ZWEI ANDERE LEUTE, DIE UNTER DER GLEICHEN ADRESSE WOHNTEN, SIND AUCH TOT. EINER VON IHNEN WOLLTE DIESE BILDER VERSCHERBELN, BEVOR SIE IHN TOTGEMACHT HABEN.
SIE IST SELBER IN SEIN HOTEL GEKOMMEN, UM DIE WARE IN EMPFANG ZU NEHMEN. SIE BEKAM DIE WARE NICHT UND DER KILLER BEKAM SIE AUCH NICHT.
SIE WUSSTEN NICHT, WO SIE SUCHEN SOLLTEN.
UND SIE WUSSTEN ES?
ICH HATTE GLÜCK. ICH HATTE IHN OHNE PERÜCKE GESEHEN.

SIE WOLLTE DAS BILD. DIESES BILD WAR EIN ENORMES RISIKO WERT.
WARUM?
ES SIND NUR ZWEI LEUTE, DIE AN EINEM BESTIMMTEN TAG ZUSAMMEN ESSEN.
ABER ICH HABE EIN BISSCHEN MIT EINEM FREUND BEI DEN „CITIZEN-NEWS" NACH DEM DATUM DER ZEITUNG RECHERCHIERT.
DAS FOTO WURDE AN DEM TAG GEMACHT, ALS MOE STEIN AUF DER FRANKLIN AVENUE NIEDERGESCHOSSEN WURDE.
AN DEM TAG, AN DEM EIN GEWISSER STEELGRAVE...
...DER MANN AUF DEM FOTO, IM GEFÄNGNIS SASS, WEIL DIE BULLEN EINEN TIPP BEKAMEN, DASS NACH IHM GEFAHNDET WÜRDE UND ER WEEPY MOYER HIESSE.
DAS GEHT AUS DEN UNTERLAGEN HERVOR. ABER DAS FOTO ZEIGT, DASS ER GAR NICHT IM GEFÄNGNIS WAR.
UND SIE WEISS DAS.
SIE WOLLEN DOCH NICHT UNBEDINGT, DASS DIE POLYPEN DIESES BILD BEKOMMEN, ODER? SIEG ODER PLATZ ODER VERLOREN... DIE WÜRDEN SIE KREUZIGEN.
SIE WÄRE FÜR DIE ÖFFENTLICHE MEINUNG EINE GANGSTERBRAUT.FÜR IHRE BRANCHE WÄRE SIE VOLLSTÄNDIG UND ENDGÜLTIG ERLEDIGT.
WAS WOLLEN SIE DENN EIGENTLICH, MARLOWE...?

„MEINEN SIE, ICH KANN MEINEN TEXT NICHT?"
„ES KÖNNTE JA SEIN, DASS ICH ES NICHT GEWÖHNT BIN, VOR EINEM HINTERPROJEKTOR ZU SPIELEN, DER IMMER GERADE IN DER MITTE DER SZENE LEER LÄUFT."
„NA GUT, DICK..."
WENN SIE EBEN NUR EIN BISSCHEN SCHNELLER SPIELEN KÖNNTEN...
PAH. WENN ICH MICH BEEILEN WÜRDE...
... VIELLEICHT KÖNNTE MAN DANN AUCH MISS WELD DAZU BEWEGEN, SCHNELLER AUF DAS SET ZU KLETTERN, ALS MAN BRAUCHT, UM DAS DING ZU BAUEN.
DAS TEMPO DER WELD IST GENAU RICHTIG.
ICH HATTE DAS GEFÜHL, DASS SIE EIN BISSCHEN AUFDREHEN KÖNNTE. ES KÖNNTE BESSER SEIN.
WENN ES BESSER WÄRE, MEINE LIEBE, KÖNNTE JEMAND GLAUBEN, DASS HIER GESPIELT WÜRDE. IN DEINEM FILM WÜRDEST DU DOCH SO WAS NICHT HABEN WOLLEN...
NA SCHÖN. ALSO GUT... MITTAGSPAUSE FÜR ALLE.
WIR DREHEN DIE SZENE HEUTE NACHMITTAG.

ALSO, MISS WELD, SOLLEN WIR WEITERMACHEN, WO WIR AUFGEHÖRT HABEN…
…ODER MACHEN WIR REINEN TISCH UND EIN NEUES SPIEL?
JEMAND HAT SIE HIER REINGELASSEN.
WER? WIESO? ICH MÖCHTE EINE ERKLÄRUNG.
ICH ARBEITE FÜR SIE. ICH HABE EINEN VORSCHUSS BEKOMMEN UND BALLOU HAT DIE QUITTUNG.
SCHÖN AUSGEDACHT.
UND WENN ICH JETZT NICHT WÜNSCHE, DASS SIE FÜR MICH ARBEITEN?
NA SCHÖN, WIE SIE WOLLEN.
NUN?
ICH HABE DAS NEGATIV UND NOCH EIN PAAR ABZÜGE.
SIE HÄTTEN SIE HABEN KÖNNEN, WENN SIE MEHR ZEIT GEHABT UND AN DER RICHTIGEN STELLE GESUCHT HÄTTEN.
KOMMEN SIE DOCH LIEBER MIT IN MEINE GARDEROBE, MARLOWE.

... DA GIBT'S NICHT VIEL ZU ERZÄHLEN. STEELGRAVE IST EIN MANN, DEN ICH SEIT JAHREN KENNE. UND MAG.
ER BESITZT EIN PAAR SACHEN. EINIGE RESTAURANTS.
WO ER HERKOMMT, WEISS ICH NICHT.
ABER SIE KENNEN IHN SEHR GUT?
WARUM FRAGEN SIE NICHT, OB ICH MIT IHM SCHLAFE?
SOLCHE FRAGEN STELLE ICH NICHT.
MISS GONZALES WÜRDE ES IHNEN GERN ERZÄHLEN.
ZUM TEUFEL MIT IHR.
NOCH MAL ZU STEELGRAVE... HAT ER MAL ÄRGER GEHABT?
MACHEN SIE SICH NICHT LÄCHERLICH. DER MANN IST MILLIONENSCHWER.
WIE HAT ER DAS GESCHAFFT?
WOHER SOLL ICH DAS WISSEN?
ALSO GUT. SIE WISSEN ES NICHT.

Ihre Hand lag auf dem Tisch. Ich berührte den Handrücken mit der Fingerspitze.
Sie rückte von mir ab und machte eine Faust aus der Hand.
ICH MUSS WIRKLICH ETWAS ESSEN, MARLOWE. ICH ARBEITE HEUTE NACHMITTAG.
SIE WOLLEN DOCH NICHT, DASS ICH AUF OFFENER SZENE ZUSAMMENBRECHE?
DAS MACHEN DOCH NUR STARS.
ICH GEHE JETZT. NICHT VERGESSEN... ICH ARBEITE FÜR SIE. WENN ICH GLAUBTE, DASS SIE JEMAND UMGEBRACHT HABEN, WÜRDE ICH DAS NICHT TUN. ABER SIE WAREN AM ORT. SIE SIND EIN GROSSES RISIKO EINGEGANGEN. DA GAB ES IRGENDWAS, WAS SIE DRINGEND HABEN WOLLTEN.
DAS FOTO W RD ES WOHL KAUM GEWESEN SEIN.
AN DIESEM SCHNAPPSCHUSS HÄNGT SO VIEL INDIZ, WIE SALZ AM MEER IST.
SOLANGE DIE POLENTE ES NICHT FINDET, HABE ICH MEINE LIZENZ. UND SOLANGE NIEMAND ANDERS ES FINDET, KRIEGE ICH KEINEN EISDORN IN DEN HALS.
FINDEN SIE, DASS ICH EINE ÜBERBEZAHLTEN BERUF HABE?

Im Gebäude war der übliche lebhafte Publikumsverkehr, aber als ich in die lautlose Muffigkeit des Korridors vor meinem Büro trat, war es das gewöhnliche Gefühl, als sei man in einen Brunnen gefallen, der vor zwanzig Jahren ausgetrocknet ist und zu dem niemand mehr kommt.
Der Geruch von altem Staub lag in der Luft, so abgestanden wie ein Interview mit einem Fußballer.
Drinnen war die gleiche tote Luft, der gleiche Staub auf dem Furnier, dasselbe gebrochene Versprechen eines leichten Lebens.
Es kam mir vor, als hätte das Telefon schon eine Weile geklingelt.

Höchste Zeit, dass ich mal wieder von ihr hörte.
DIESMAL IST ES MIR WIRKLICH ERNST.
BISHER HABE ICH GELOGEN. JETZT LÜGE ICH NICHT.
NA LOS.
ICH HABE WIRKLICH WAS VON ORRIN GEHÖRT.
WIR HABEN DOCH DIESE MASCHE SCHON MAL ABGEZOGEN. SIE SIND VERGESSLICH FÜR IHR ALTER.
BITTE, ES IST SEHR ERNST. ER HAT MEINEN BRIEF BEKOMMEN. ER GING ZUM POSTAMT UND FRAGTE NACH SEINER POST.
ER WUSSTE, WO ICH WOHNEN WOLLTE, UND HAT MICH AUS BAY CITY ANGERUFEN. ER IST BEI EINEM DOKTOR, DEN ER DORT KENNEN GELERNT HAT. MACHT IRGENDWELCHE ARBEIT FÜR IHN.
ER HAT ANGST AUS DEM HAUS ZU GEHEN. BITTE FAHREN SIE HIN, BESUCHEN SIE IHN, HELFEN SIE IHM.
HEISST DER DOKTOR IRGENDWIE?
JA, EIN KOMISCHER NAME.
DR. VINCENT LAGARDIE.

„NEIN, ICH KENNE NIEMAND NAMENS ORRIN QUEST, MR. MARLOWE."
„ICH KANN MIR KEINERLEI GRUND VORSTELLEN, WARUM JEMAND DIESES NAMENS BEHAUPTEN SOLLTE, DASS ER HIER IN MEINEM HAUS IST."
DR. VINCENT LAGARDIE
NEUROLOGY ASSOCIATES
...UND SICH VERSTECKT.
WOVOR?
VOR GEWISSEN LEUTEN, DIE IHM VIELLEICHT GERN EINEN EISDORN INS GENICK STOSSEN WOLLEN.
SIE WAREN ES, DER DIE POLIZEI HERGESCHICKT HAT.
SIE WAREN ES, DER ANRIEF UND BERICHTETE, DASS CLAUSEN TOT SEI. SIE WAREN ES, DER MICH ANRIEF UND MICH FRAGTE, OB ICH CLAUSEN KENNE.
ICH SAGTE, ICH KENNE IHN NICHT.
JA, ICH WEISS.
ABER DAS STIMMTE NICHT.
DIE POLIZEI IST HIER GEWESEN, MR. MARLOWE. EIN GEWISSER LEUTNANT MAGLASHAN. SOLL ICH IHN MAL ANRUFEN?
NA SCHÖN, RUFEN SIE IHN AN. DANN WERDEN WIR BEIDE EBEN NOCH VOR DUNKELHEIT IM KITTCHEN SITZEN.
SIE, WEIL CLAUSEN SIE BEIM VORNAMEN GENANNT HAT. UND VIELLEICHT SIND SIE DER LETZTE GEWESEN, MIT DEM ER GEREDET HAT.
ICH, WEIL ICH LAUTER SACHEN GEMACHT HABE, DIE EIN PRIVATDETEKTIV SICH EINFACH NICHT LEISTEN KANN. ZURÜCKHALTEN VON BEWEISMITTELN, ZURÜCKHALTEN VON INFORMATION.
OH, ICH BIN UNTEN DURCH. ABER HEUTE NACHMITTAG IST IRGENDEIN AUFREGENDER GERUCH IN DER LUFT. IRGENDWIE IST ES MIR EGAL. ODER VIELLEICHT BIN ICH VERLIEBT.
ES IST MIR EINFACH EGAL.

FRAUEN KÖNNEN EINEN MANN FURCHTBAR SCHWACH MACHEN, NICHT WAHR?
CLAUSEN.
EIN HOFFNUNGSLOSER ALKOHOLIKER. SIE TRINKEN, TRINKEN UND ESSEN NICHTS. UND GANZ ALLMÄHLICH MIT DEM VITAMINMANGEL KOMMEN DIE SYMPTOME DES DELIRIUMS.
MAN KANN NUR EINS FÜR SIE TUN. SPRITZEN, NICHTS ALS SPRITZEN. ICH KOMME MIR SCHMUTZIG VOR.
ICH HABE AN DER SORBONNE PROMOVIERT. ICH PRAKTIZIERE ZWISCHEN SCHMUTZIGEN KLEINEN LEUTEN IN EINER SCHMUTZIGEN KLEINEN STADT.
WARUM?
WEIL MIR VOR EIN PAAR JAHREN ETWAS PASSIERT IST... IN EINER ANDEREN STADT. FRAGEN SIE NICHT SO VIEL, MARLOWE.
WOLLEN SIE VIELLEICHT EINE ZIGARETTE?
DANKE.
WAREN SIE VIELLEICHT ZUFÄLLIG DER SANITÄTER FÜR DIE GANGSTER IN IRGENDEINER WILDEN STADT IM OSTEN?
WIE ZUM BEISPIEL CLEVELAND?
EINE ZIEMLICH KÜHNE BEHAUPTUNG, MEIN FREUND.
MEINETWEGEN KÜHN. IM TELEFONAMT HABEN SIE EINEN GANZEN RAUM VOLLER TELEFONBÜCHER. TELEFONBÜCHER AUS DEM GANZEN LAND.
ICH HABE SIE HERAUS-GESUCHT.
SIE HÄTTEN IHREN NAMEN GEÄNDERT, ABER DAS WAR NICHT MÖGLICH, WENN SIE IHRE APPROBATION BE-HALTEN WOLLTEN.
WENN JEMAND, WIE ICH, EIN RECHT BESCHRÄNKTES GEHIRN HAT, VER-SUCHT ER, ALLES IN EINEN ZUSAM-MENHANG ZU BRINGEN.
WENN SIE DEN ZUSAMMEN-HANG HÖREN WOLLEN...

„SIE KANNTEN CLAUSEN. CLAUSEN IST SEHR FACHMÄNNISCH MIT EINEM EISDORN UMGEBRACHT WORDEN. ER WURDE GETÖTET, WÄHREND ICH IN DEM HAUS WAR UND MIT EINEM GAUNER NAMENS HICKS REDETE."
„HICKS MACHTE SICH EILIG AUS DEM STAUB UND NAHM EINE SEITE DES MELDEBUCHES MIT, DIE SEITE, AUF DER DER NAME VON ORRIN QUEST STAND."
„SPÄTER WURDE HICKS IN LOS ANGELES MIT EINEM EISDORN ERMORDET."
„SEIN ZIMMER WAR DURCHSUCHT WORDEN. EINE FRAU WAR DORT, DIE GEKOMMEN WAR, UM IHM ETWAS ABZUKAUFEN. SIE KRIEGTE ES NICHT."
„ICH HATTE MEHR ZEIT ZUM SUCHEN. ICH FAND ES."
„ERSTE ANNAHME: CLAUSEN UND HICKS WURDEN VON DEM GLEICHEN MANN GETÖTET, ABER NICHT AUS DEM GLEICHEN GRUND. ALSO... WAS MEINEN SIE DAZU?"
„FÜR MICH GANZ UNINTERESSANT."
„ABER SIE HÖREN ZU."
„ALSO SCHÖN. NUN, WAS HATTE ICH GEFUNDEN? EIN FOTO EINES FILMSTARS UND EINES FRÜHEREN GANGSTERS AUS CLEVELAND... VIELLEICHT AN EINEM BESTIMMTEN TAG."
„AN EINEM TAG, AN DEM DIESER EX-GANGSTER EIGENTLICH IM KREISGEFÄNGNIS EINGESPERRT SEIN SOLLTE, AN EINEM TAG, AN DEM DER FRÜHERE KOMPAGNON DES EX-GANGSTERS IN DER FRANKLIN AVENUE IN LOS ANGELES NIEDERGESCHOSSEN WURDE."
„WARUM SASS ER IM KITTCHEN? EIN HINWEIS, DASS ER DER SEI, DER ER WAR. VON WEM BEKAM DIE POLIZEI DEN TIPP?"
„ER HAT IHNEN SELBER DEN TIPP GEGEBEN, DENN DER FRÜHERE KOMPAGNON MACHTE SCHWIERIGKEITEN UND MUSSTE BESEITIGT WERDEN. WENN ER IM GEFÄNGNIS SASS, HATTE ER EIN ERSTKLASSIGES ALIBI FÜR DIE TATZEIT."
„DAS FOTO WAR ALSO BESTENS ZUR ERPRESSUNG GEEIGNET."
BOGART
ASTOR
THE
Falcon

ALLES FANTASIE. WILDE FANTASIE.
GENAU. ES WIRD NOCH SCHLIMMER.
ZWEITE ANNAHME: ORRIN QUEST HAT DIESES FOTO AUFGENOMMEN. ABER WIE?
DER FILMSTAR WAR SEINE SCHWESTER. IMMER NOCH WILDE FANTA-SIE, DOKTOR?
JETZT BRINGEN WIR SIE INS SPIEL.
SIE KANNTEN CLAUSEN. BERUFLICH, WIE SIE SAGEN. SIE KANNTEN CLAUSEN, SIE HÄTTEN EINIGE SEINER MIETER KENNEN KÖNNEN. ABSATZ.
DRITTE ANNAHME: SIE KANNTEN HICKS ODER ORRIN QUEST ODER BEIDE.
IRGENDJEMAND MUSS SICH DIESES DING AUSGEDACHT HABEN, DOKTOR. MIT DEM FRÜHEREN CLEVELAND GANGSTER... GEBEN WIR IHM EINEN NAMEN, NENNEN WIR IHN STEELGRAVE... KONNTEN SIE ES PERSÖNLICH NICHT AUFNEHMEN. SIE MUSSTEN MIT STROHMÄNNERN ARBEITEN, MIT STROHMÄNNERN, DIE ERSETZBAR WAREN.
NUN... KOMMEN WIR DER SACHE NÄHER?
VIERTE ANNAHME: MR. MARLOWE. SIE SIND EIN VOLLIDIOT.
ZU ALLEM ÜBERFLUSS RUFT MICH AUCH NOCH ORRINS SCHWESTER AN UND ER-ZÄHLT MIR, ER SEI IN IHREM HAUS.
ICH GEBE ZU, JEDES EINZELNE IST EIN SCHWACHES ARGUMENT. ABER IRGENDWIE LAUFEN ALLE BEI IHNEN ZUSAMMEN UND... UND...
Sein Gesicht schien zu verschwimmen, es wurde undeut-lich, es schien sich zu entfernen und zu nähern.
Ich fühlte eine Be-klemmung in der Brust.
Meine Gedanken bewegten sich im Schildkrötentrab.

WAS IST DENN HIER LOS? SCHÖN BLÖD WAR ICH, WAS?
EIN BISSCHEN KALIUMCYANID. NICHT TÖDLICH, NOCH NICHT MAL GEFÄHRLICH. NUR ENTSPANNEND...

DR. VINCENT LAGARDIE
NEUROLOGY ASSOCIATES
12
Appointments

DR. LAGARDE
Meine Augenlider waren so schwer zu heben wie ein toter Elefant. Ich entschloss mich, sie trotzdem zu öffnen.
Andere haben's getan, also warum ich nicht?
Ich blickte zur Decke. Ich lag am Boden… eine Lage, in die meine Berufung mich schon öfter gebracht hat.
Wie lange war ich weg gewesen?
Ich richtete mich auf und schüttelte den Kopf.
Er rotierte ein wenig.
Er spulte sich zweitausend Meter tief, dann holte ich ihn rauf und kam wieder zu mir.
Ich war schwindlig wie ein Derwisch, schwach wie eine müde Waschmaschine und meine Chancen waren so gering wie die von einem Ballettmädchen mit einem Holzbein.

Ich zwinkerte.
Das Zimmer war einfach Dr. Lagardies Sprechzimmer. Derselbe Boden, derselbe Schreibtisch, dieselben Wände.
Aber kein Dr. Lagardie.
In der Luft eine Stille mit Rollos davor.
In diesem Augenblick kam mir zu Bewusstsein, dass draußen in der Diele Schritte herunterkamen. Langsame, schlurfende Schritte, nach jedem eine lange Pause.
An der Tür hielten sie an.

Unsere Gesichter waren dicht aneinander. Mitten in der Luft prallte unser Atem zusammen.
Meiner war schnell und heftig, seiner war ein schwaches Säuseln.
Der Körper des Mannes fing an, sich auf seinen Beinen zu drehen und seine Sohlen quietschten auf dem Linoleum.
Sein Oberkörper warf sich herum wie ein Schwimmer vor einer Woge und flog auf mich.
Etwas fiel auf den Boden und rollte an die Fußleiste der Wand.

Seine Zähne klappten aufeinander und ich glaubte, dass er versuchte zu reden.
Aber das war das einzige Geräusch, das von ihm kam.
Er hatte aufgehört zu atmen.
Ich schaute hinab auf den Eisdorn, den er fallen gelassen hatte. Die Klinge war auf höchstens sieben Zentimeter heruntergefeilt.
Die Spitze war sehr scharf.
Etwas geschah mit seinem Gesicht und hinter dem Gesicht, dieses Sichglätten, die Rückkehr durch die Jahre, bis hin zum Alter der Unschuld.
Dabei war das alles sehr töricht, denn... wenn ich überhaupt etwas wusste... so wusste ich genau...
...dass Orrin P. Quest nicht dieser Typ von einem Jungen gewesen war...

Ich polierte alles mit einem Taschentuch und folgte der Blutspur durch das stille und erwartungsvolle Haus.
Die Blutspur führte mich wieder zurück, durch ein Zimmer, das wie eine Studierstube möbliert war. Ein metallisches Glitzern neben einem Bein der Liege erwies sich als ein gebrauchtes Geschoss einer 0.32er Automatik. Ein anderes Geschoss fand ich unter dem Schreibtisch. Ich steckte beide in meine Tasche.
In dem anderen Schlafzimmer befand sich Orrin P. Quests kümmerliche Garderobe. Hinten, unter den Hemden, fand ich eine Leica mit einem f/2 Objektiv.
Ich ließ diese Sachen liegen, wie sie lagen und ging wieder hinunter in den Raum, wo der tote Mann lag, den solche Kleinigkeiten nicht mehr kümmerten. Aus schierer Bosheit wischte ich noch ein paar Türknöpfe ab, stand unentschlossen vor dem Telefon im Vorzimmer und ging fort, ohne es anzurühren.
Die bloße Tatsache, dass ich noch immer herumlief, war ein ziemlich guter Hinweis darauf, dass der gute Dr. Lagardie niemand umgebracht hatte.
Orfamay Quest hatte ein Recht darauf, es als Erste zu erfahren... mit oder ohne Gesetz.
Und ich war sowieso schon weit vom Gesetz entfernt.
Ich müsste ihr dann etwas erzählen, schlimmer als alle ihre Träume, und dann, etwas später, würde sie fortgehen und ich würde sie nie wieder sehen.
Amigo, bitte rufen Sie mich im Apartmenthaus an... Chateau Bercy. Muss Sie unbedingt sprechen. Dolores Gonzales
PAST DUE
Orfamay war vielleicht schon drin und wartete.
615

ALLOOH, AMIGO. ICH HABE GEWARTET. SIE HABEN NICHT ANGERUFEN.
HEUTE HABEN WIR DEN AKZENT WOHL EIN BISSCHEN DICK AUFGELEGT.
ICH BIN HEUTE NICHT BESONDERS UNTERHALTSAM, AMIGO.
SIE BRAUCHEN MICH GAR NICHT ZU UNTERHALTEN. ICH UNTERHALTE MICH SCHON SELBST. TRAGEN SIE IMMER SCHWARZ?
ABER JA. DAS IST AUFREGENDER, WENN ICH MICH AUSZIEHE.
MÜSSEN SIE IMMER WIE EINE NUTTE REDEN?
SO FÄNGT MAN TÖLPEL, AMIGO. EINIGE VON DEN TÖLPELN SIND NÜTZLICH UND GROSSZÜGIG. MANCHMAL IST EINER DABEI, DER GEFÄHRLICH IST.
WENN SIE DARAUF WARTEN, DASS ICH WAS DARÜBER SAGE, WER EIN GEWISSER JEMAND IST... BITTE... ICH WEISS, WER ES IST.
ICH KÖNNTE ES NICHT BEWEISEN. DIE POLYPEN KONNTEN ES AUCH NICHT.

DIE POLYPEN SAGEN NICHT IMMER ALLES, WAS SIE WISSEN. SIE BEWEISEN NICHT ALLES, WAS SIE BEWEISEN KÖNNTEN.
ICH NEHME AN, SIE WISSEN, DASS ER VERGANGENEN FEBRUAR ZEHN TAGE IM GEFÄNGNIS SASS.
JA.
ER WAR AUCH MAL MEIN FREUND.
VIELLEICHT KOMMT ES IHNEN MERKWÜRDIG VOR, MISS GONZALES, ABER IHR LIEBESLEBEN INTERESSIERT MICH NICHT.
ICH NEHME AN, DASS ES SEHR WEIT-REICHEND IST... DIE GANZE LATTE VON STEIN BIS STEELGRAVE.
STEIN? WER IST STEIN?
EIN SCHWERER JUNGE AUS CLEVELAND, DER SICH LETZTEN FEBRUAR VOR IHREM APARTMENT-HAUS ABKNALLEN LIESS.
NACH DEN BERICHTEN WAR'S ZWEI STRASSEN WEITER.
MIR GEFÄLLT'S BESSER, WENN ES GLEICH BEI IHNEN PASSIERT IST. SIE HABEN AUS DEM FENSTER GESCHAUT UND ZUGESEHEN, WIE ES PASSIERT IST...
... UND SIE HÄTTEN SCHWÖREN KÖNNEN, DASS ES STEELGRAVE, DER ALTE JUNGE, WAR.
WENN ES IHNEN SO BESSER GEFÄLLT.
DAMIT KÖNNEN WIR MEHR GELD RAUSHOLEN.

ABER STEELGRAVE WAR IM GEFÄNGNIS.
...NATÜRLICH UNTER BEWACHUNG, ABER DER WACHMANN WAR EIN VERNÜNFTIGER MENSCH... UND ZWAR GENAU AN DEM TAG, AN DEM STEIN ERSCHOSSEN WURDE...
UND WENN ER NUN WIRKLICH NICHT GESESSEN HÄTTE, UND WENN ICH AUCH, SAGEN WIR MAL, ZUFÄLLIG EINEN GEWISSEN DR. CHALMERS GUT GEKANNT HÄTTE, DER DAMALS GERADE GEFÄNGNISARZT WAR UND DER MIR, IN EINEM INTIMEN AUGENBLICK, ERZÄHLT HAT, DASS ER STEELGRAVE EINEN PASSIERSCHEIN ZUM ZAHNARZT VERSCHAFFT HAT...
... AUCH WENN DAS ALLES STIMMEN WÜRDE, SOLLTEN WIR STEELGRAVE DOCH BESSER NICHT DAMIT ERPRESSEN!
NEIN, WIR WERDEN STEELGRAVE NICHT ERPRESSEN.
ES GENÜGT, DASS MAVIS WELD MIT EINEM BEKANNTEN GANGSTER ENG BEFREUNDET IST UND MIT IHM GESEHEN WIRD.
MAVIS IST MITTEN IM AUFSTIEG UND NICHTS KANN SIE AUFHALTEN.
HÖCHSTENS EIN SCHLIMMER SKANDAL.
WIR MÜSSTEN ERST BEWEISEN, DASS STEELGRAVE EIN BEKANNTER GANGSTER IST.
AUCH WENN WIR DAS KÖNNTEN, WAS WIRD ER DENN MACHEN, WÄHREND WIR UNS DIE WELD VORNEHMEN?
WARUM MUSS ER ES DENN WISSEN? ICH GLAUBE KAUM, DASS SIE ES IHM SAGEN WÜRDE.
ABER FÜR UNS WÄRE DAS NICHT WICHTIG... WENN WIR DEN BEWEIS HÄTTEN.
...ICH KÖNNTE JA AUCH MISS WELD GEGENÜBER VERPFLICHTUNGEN HABEN. HABEN SIE DARAN MAL GEDACHT?
UND WENN DAS DER FALL WÄRE, MEINEN SIE NICHT, DASS SIE SCHLEUNIGST AUS MEINEM BÜRO VERSCHWINDEN SOLLTEN?

Sie nahm ihren Hut und schickte sich an aufzustehen.
Ich schnappte mir den Umschlag aus der Tasche, bevor sie sich weiterbewegte.
Sie machte ein Geräusch, als wollte sie spucken.
WO HABEN SIE DAS HER?
AUS MAVIS WELDS TASCHE, IN MAVIS WELDS BÜHNENGARDEROBE. ALS SIE BEIM DREHEN WAR.
ICH MÖCHTE WISSEN, WO SIE DAS HERHAT.
VON IHNEN.
BLÖDSINN. WO HÄTTE ICH ES DENN HERHABEN SOLLEN?
GEBEN SIE DAS HER!
WENN SIE ES NICHT...

ICH WERDE ES MAVIS WELD ZURÜCKGEBEN.
UND OBWOHL ICH DAS NICHT GERNE SAGE, MISS GONZALES, ZUM ERPRESSER BIN ICH DENKBAR UNGEEIGNET. MIR FEHLT EINFACH DAS EINNEHMENDE WESEN.
JETZT WISSEN SIE'S.
ALSO GUT. ES WAR MEIN FEHLER. JETZT SEHE ICH, DASS SIE AUCH NUR EIN BLÖDER PRIVATDETEKTIV SIND.
DIESES SCHÄBIGE KLEINE BÜRO... ICH HÄTTE WISSEN MÜSSEN, WAS SIE FÜR EIN IDIOT SIND.
Ihr Gang war ihr nicht auf der Handelsschule beigebracht worden.
Sie ging den Korridor entlang, ohne sich umzusehen.

Dann kehrte ich zu meinem Schreibtisch zurück. Und jetzt klingelte das Telefon.
Es war Christy French von den Polypen.
MARLOWE? WIR BRAUCHEN SIE HIER AUF DEM PRÄSIDIUM.
SOFORT?
MÖGLICHST SCHNELLER.
Man könnte meinen, dass sie angerufen hätte.
An diesem Nachmittag wirkte das Haus leise.
Bald würde es ganz still sein und dann würde die Madonna mit dem dunkelgrauen Mopp durch den Gang geschlurft kommen und würde an den Türknöpfen rütteln.

Als das Telefon klingelte, hängte ich fast die Tür aus, als ich zurückstürzte.
Es war ihre Stimme, aber sie hatte einen Klang, den ich noch nie gehört hatte.
Ich wusste, was los war, bevor sie drei Worte gesagt hatte.
SIE BRAUCHEN MIR NICHTS ZU ERZÄHLEN. ICH BIN DORT GEWESEN.
...SIE WAREN DORT...
ICH HATTE EINFACH SO EIN GEFÜHL. WEIL ES DOCH MEIN BRUDER IST UND SO.
DAS IST SCHON RECHT. ICH HÄTTE ES IHNEN SELBST GESAGT, NACHDEM ICH SIE GESPROCHEN HATTE.
ICH BIN HINGEGANGEN UND HABE GELÄUTET. NIEMAND MACHTE AUF. ICH FAND DAS AUCH MERKWÜRDIG. GANZ PLÖTZLICH WAR MIR SO, ALS OB ICH UNBEDINGT IN DAS HAUS HINEIN MÜSSTE. UND ICH WUSSTE NICHT WIE.
ICH RIEF DIE POLIZEI AN. ICH LOG. ICH ERZÄHLTE, DASS ICH SCHÜSSE GEHÖRT HÄTTE.

SIE HABEN IHN DA LIEGEN LASSEN.
TOT.
ES GING WOHL NICHT ANDERS.
ICH HATTE MEINE GRÜNDE. VIELLEICHT WERDEN SIE NICHT GUT KLINGEN.
FÜR IHN WAR ES SOWIESO EGAL.
OH, SIE WERDEN SCHON IHRE GRÜNDE GEHABT HABEN.
JETZT WERDEN SIE DER POLIZEI WOHL AUCH IHRE GRÜNDE ERZÄHLEN MÜSSEN. ICH HABE VON IHNEN ERZÄHLT.
IN MEINEM BERUF MUSS MAN TUN, WAS MAN KANN, UM DEN KLIENTEN ZU SCHÜTZEN.
ABER ICH HABE ES NICHT NUR FÜR SIE GETAN.
SIE HABEN IHN AUF DEM BODEN LIEGEN LASSEN, TOT. UND MIR IST ES EGAL, WAS SIE MIT IHNEN MACHEN.
ICH GLAUBE, WENN SIE INS GEFÄNGNIS KOMMEN, WÄRE ES MIR RECHT.

ICH HABE GETAN, WAS ICH KONNTE.
VIELLEICHT, WENN SIE MIR AM ANFANG ETWAS MEHR ERZÄHLT...
Sie legte auf, während ich sprach.
Du bist wirklich von einem Felsen gestürzt, Marlowe.

Marlowe Philip
Clausen
Quest

WENN SIE JETZT IN STIMMUNG SIND, KÖNNEN SIE JETZT VON VORNE ANFANGEN UND ALLES ERZÄHLEN, WAS SIE GESTERN AUSGELASSEN HABEN.
VERSUCHEN SIE NICHT ZU SIEBEN. LASSEN SIE'S EINFACH LAUFEN.
EINE VOLLSTÄNDIGE ERKLÄRUNG. IST DAS NICHT SCHÖN?
ICH SOLL EINE ERKLÄRUNG ABGEBEN?
UND ES SOLL FREIWILLIG UND OHNE ZWANG SEIN?
MANCHE LEUTE SIND FREIWILLIGER ALS ANDERE.
DAS IST LEUTNANT MOSES MAGLASHAN VON DER POLIZEI VON BAY CITY.
ER LIEBT SIE AUCH NICHT MEHR ALS WIR.
ALSO SIE SIND DAS SCHÄTZCHEN, DAS WEGEN CLAUSEN ANGERUFEN HAT. SIE SIND RECHT GESCHICKT MIT SO EINEM MÜNZTELEFON, WAS, LIEBLING?
WENN ICH WAS FRAGE, KRIEG ICH 'NE ANTWORT. VERSTANDEN, SCHÄTZCHEN?
ICH REDE MIT IHNEN, SCHÄTZCHEN.
WOVON WERDEN DIE POLYPEN IN BAY CITY NUR SO SCHARF?
LEGEN SIE IHRE NÜSSE IN SALZWASSER EIN ODER WAS?

ICH KOMME HIERHER UND WILL UNTERSTÜTZUNG.
SIE KRIEGEN IHRE UNTERSTÜTZUNG.
BLOSS ZIEHEN SIE NICHT DIESE BILLIGE KINOSCHAU HIER AB.
ALSO, NEHMEN WIR MAL EIN NEUES BLATT PAPIER UND SPIELEN WIR NOCH MAL DEN ANFANG DER UNTERSUCHUNG.
FRAGEN SIE. WENN DIE ANT-WORTEN IHNEN NICHT GEFALLEN, KÖNNEN SIE DAS MIT DEM KRON-ZEUGEN MA-CHEN.
WENN SIE DAS MACHEN, MUSS ICH ERST MAL TELEFONIEREN.
WENN WIR DAS MACHEN.
ABER DAS BRAUCHEN WIR NICHT. WIR KÖNNEN AUCH EIN DAUERVERHÖR MACHEN. ES KANN ZEHN TAGE DAUERN.
ZU ESSEN GIBT'S CORNED BEEF IN DOSEN.
GENAU GENOMMEN... LEGAL WÄRE DAS NICHT. GENAUSO, WIE SIE SACHEN MACHEN, DIE SIE VIELLEICHT BESSER NICHT GEMACHT HÄTTEN.
ODER WOLLEN SIE BE-HAUPTEN, DASS SIE IMMER LEGAL GE-WESEN SIND?
NEIN.
HA!
SIE HABEN EINEN KLIENTEN, DEN SIE SCHÜT-ZEN.
VIELLEICHT.
DAS HEISST, SIE *HATTEN* EINEN KLIENTEN. SIE HAT SIE VERPFIFFEN.
HEISST ORFAMAY QUEST.
...NA GUT.
GESTERN BIN ICH NACH BAY CITY RUNTER GEFAHREN. IN DIE IDAHO STREET.

„ICH BIN HINGEFAHREN, UM IHREN BRUDER ZU SUCHEN."
„SIE SAGTE, ER SEI WEGGEZOGEN UND SIE WAR GEKOMMEN, UM IHN ZU BESUCHEN. SIE WAR BEUNRUHIGT."
„DER VERWALTER, CLAUSEN, WAR ZU BESOFFEN, UM VERNÜNFTIG ZU REDEN. ICH SAH INS MELDEBUCH UND STELLTE FEST, DASS JEMAND ANDERER IN DAS ZIMMER VON QUEST GEZOGEN WAR. ICH REDETE MIT DEM MANN. ER ERZÄHLTE MIR NICHTS, WAS ICH BRAUCHEN KONNTE."
„ALS ICH WIEDER DIE TREPPE RUNTERKAM, WAR CLAUSEN TOT. ER HATTE EINEN EISDORN IM HALS. UND JEMAND HATTE EINE SEITE AUS DEM MELDEBUCH GERISSEN."
„DIE SEITE MIT QUESTS NAMEN DRAUF."
„SPÄTER HABE ICH DAS MEINEM KLIENTEN BERICHTET."
VAN NUYS
„DANACH RIEF MICH EINER AN UND BAT MICH, INS VAN NUYS HOTEL ZU KOMMEN. SIE HABEN GESEHEN, WAS DA PASSIERT IST. NOCH EIN EISDORN."
„WAS ICH IHNEN NICHT GESAGT HABE... ES WAR DERSELBE KERL, MIT DEM ICH IN DER IDAHO STREET GEREDET HATTE, ABER UNTER ANDEREM NAMEN."
„UND HEUTE HAT MIR DANN MEIN KLIENT ERZÄHLT, IHR BRUDER HÄTTE SIE VON DEM HAUS DIESES ARZTES ANGERUFEN. DR. LAGARDIE."
„DER BRUDER SEI IN GEFAHR. ICH SOLLTE SCHNELL HINFAHREN UND IHM HELFEN. ICH FUHR SCHNELL HIN. DR. LAGARDIE WIRKTE VERÄNGSTIGT. DIE POLIZEI WAR DORT GEWESEN."
„LAGARDIE BESTRITT, IRGENDWAS ÜBER ORRIN QUEST ZU WISSEN."
„DANN STECKTE ER MIR EINE VERGIFTETE ZIGARETTE ZU UND ICH WAR EINE ZEIT LANG WEG."
„ALS ICH ZU MIR KAM, WAR ICH ALLEIN IM HAUS."
„AUF EINMAL WAR ICH NICHT MEHR ALLEIN. ORRIN QUEST ODER WAS VON IHM ÜBRIG WAR, KAM HEREIN UND STARB."
„MIT DER LETZTEN KRAFT VERSUCHTE ER, MICH MIT DEM EISDORN ZU STECHEN."

WIESO WOLLTE ER SIE DENN STECHEN? SIE WAREN AUF SEINER SEITE. SIE WAREN IM AUFTRAG SEINER SCHWESTER GEKOMMEN, UM IHN ZU RETTEN.
ICH HATTE IHN VORHER NIE GESEHEN.
WENN ER MICH GESEHEN HAT, DANN OHNE MEIN WISSEN.
ES WÄRE SO EINE NETTE FREUND-SCHAFT GEWESEN.
ABGESEHEN VON DEM EISDORN NATÜRLICH.
ER STAND DA UND STARB.
EIN MENSCH IN SEINEM ZUSTAND HANDELT INSTINKTIV. ER ERFINDET KEINE NEUE TECHNIK.
IRGENDWER IST HIER EIN VERDAMMTER LÜGNER UND ICH BIN'S NICHT.
SCHON GUT. SCHON GUT.
BITTE KEIN DRAMA JETZT.
ERZÄHLEN SIE UNS MAL, WAS SIE VON DER SACHE HALTEN, MARLOWE.
UNTER ANDEREM HAT CLAUSEN WAHRSCHEINLICH MIT HASCHZIGARETTEN GEHANDELT.
ABER CLAUSEN WAR DERARTIG VOLL GESOFFEN, DASS MAN SICH AUF IHN NICHT MEHR VERLASSEN KONNTE. IM SYNDIKAT MÖGEN SIE SO WAS NICHT.
SOBALD DIE EINEN POLYPEN IM HAUS ROCHEN, MUSSTE CLAUSEN WEGGERÄUMT WERDEN.
NEHMEN WIR AN, ES WAR SO... WAS HAT DAS ALLES MIT QUEST ZU TUN?

VIELLEICHT HAT QUEST JEMANDEM EINGEHEIZT UND MIT DER POLIZEI GEDROHT.
ES KÖNNTE GUT SEIN, DASS DIE DREI MORDE MIT DER HASCHBANDE ZU TUN HABEN.
DAS PASST NICHT ZU DEM EISDORN VON QUEST.
VIELLEICHT GEHÖREN SIE ZUR AUSSTATTUNG IN DR. LAGARDIES HAUS.
LIEGT ÜBER IHN WAS VOR?
BISHER NICHT. WAS HALTEN SIE VON IHM?
MICH HAT ER NICHT UMGEBRACHT. VIELLEICHT HAT ER NIEMAND UMGEBRACHT.
ER HAT MAL IN CLEVELAND PRAKTIZIERT. RECHTGROSSKOTZIG IN DER CITY.
ER MUSS GRÜNDE GEHABT HABEN, DASS ER IN BAY CITY UNTERGETAUCHT IST.
SICHER EIN ABTREIBER.
ICH HABE DEN SCHON LANGE IM AUGE.
IN WELCHEM?
VIELLEICHT NICHT IN DEMSELBEN AUGE WIE DIE IDAHO STREET.
WENN IHR EUCH HIER SO VERDAMMT SCHLAU VORKOMMT...
...DANN INTERESSIERT ES EUCH VIELLEICHT AUCH, DASS WIR BLOSS DIE POLIZEI VON EINER KLEINSTADT SIND.
TROTZDEM, DIE MARIHUANA-THEORIE GEFÄLLT MIR. VIELLEICHT SPAREN WIR UNS DAMIT 'NE MENGE ARBEIT.
ICH WERDE MIR DAS GENAUER ANSEHEN.

Maglashan marschierte zur Tür und verschwand.
French sah ihm nach. Beifus auch. Als die Tür sich schloss, wandten sie sich wieder mir zu.
WENN SIE MAL RATEN SOLLTEN, WAS WÜRDEN SIE RATEN, WONACH DIE IN DEM ZIMMER IM VAN NUYS GESUCHT HABEN?
EINEN AUFBEWAHRUNGS-SCHEIN FÜR EINEN KOFFER VOLL POT.
ALS ICH IN BAY CITY MIT HICKS REDETE, HATTE ,ER KEINE PERÜCKE AUF.ABER IM BETT, IM VAN NUYS, HATTE ER SIE AUF. DAS WÄRE NICHT SO ÜBEL, UM SO EINEN SCHEIN ZU VER-STECKEN.
MAN KÖNNTE IHN MIT EINEM STÜCK TESAFILM ANKLEBEN. GUTE IDEE.
RATEN WIR MAL WEITER. WARUM SOLLTE DR. LAGARDIE EINE BEMERKUNG ÜBER CLEVELAND ZU IHNEN MA-CHEN?
ICH HABE DAS NACHGEPRÜFT. EIN DOKTOR KANN SEINEN NAMEN NICHT ÄNDERN, WENN ER WEITER PRAKTIZIEREN WILL.
BEI DEM EISDORN MUSSTE MAN AN WEEPYMOYER DENKEN. WEEPY MOYER HATTE SEINE GESCHÄFTE IN CLEVELAND. SUNNY MOE STEIN EBEN-FALLS. UND BEI DIESEN GANGSTERN IST IMMER IRGENDWO EIN DOK-TOR IM HINTER-GRUND.
ZIEMLICH WILD. ZIEMLICH WEIT HERGEHOLT.
WÜRDE ES MIR WAS NÜTZEN, WENN ICH ES SCHLÜSSIGER MACHTE?
WIR WOLLEN SCHLUSS MACHEN.
JETZT IST DER BEZIRKSRICHTER DRAN. UND WIE ICH ENDICOTT KENNE, BRAUCHT ER EINE WOCHE, BIS ER WEISS, WIE ES LAUFEN SOLL.
SCHIEBEN SIE AB. MAGLASHAN HAT IHNEN EIN HINTERTÜRCHEN AUFGEMACHT.
NUTZEN SIE'S.
IN ORDNUNG, WENN ICH DIE STADT NICHT VERLASSE?

Die Geräusche der Nach-Hause-Gehenden waren verklungen. Draußen fingen die Neonschilder an, einander über den Boulevard anzustrahlen.
Früher mochte ich diese Stadt. Lange her. Am Wilshire Boulevard waren Bäume. Beverly Hills war eine ländliche Kleinstadt. Los Angeles war nur ein großer, ausgedörrter, sonniger Ort mit hässlichen, stillosen Häusern, aber gutmütig und friedlich.
Jetzt haben wir Typen wie diesen Steelgrave als Restaurantbesitzer.
Wir haben das große Geld, die Scharfschützen, die Provisionstypen, die Schnellverdiener, die Ganoven aus New York, Chicago und... Cleveland. Das ganze hartgesottene Großstadtgesindel mit weniger Charakter als ein Pappbecher.
GO
EXTRA
Richtige Städte haben noch was anderes, ein paar Rippen unter dem wabbeligen Fleisch. Los Angeles hat Hollywood... und kann es nicht ausstehen. Dabei sollten sie noch froh sein.
Ohne Hollywood wäre Los Angeles nur ein großes Versandhaus. Alles aus dem Katalog, was man woanders viel besser bekommt.
Das Büro war wieder leer.
Irgendwas musste geschehen, aber ich wusste nicht was. Egal, was ich tat, es war nutzlos.
Ich war ein leerer Mensch. Hatte kein Gesicht, keinen Sinn, keinen Charakter, kaum einen Namen.
Ich war das Kalenderblatt von gestern, das zerknüllt im Papierkorb lag.
Ich wünschte, das Telefon würde klingeln. Mach, dass es jemanden gibt, der mich anruft und mich wieder in die Menschheit einstöpselt.
Meinetwegen ein Bulle. Meinetwegen Maglashan. Niemand braucht mich zu lieben.
Ich hatte den sechsten Sinn. Das Telefon klingelte.
AMIGO. ES GIBT ÄRGER. BÖSEN ÄRGER.
MAVIS MÖCHTE SIE SEHEN. SIE MAG SIE GERN. SIE GLAUBT, SIE SIND EIN EHRLICHER KERL.
IN FÜNFZEHN MINUTEN BIN ICH VOR IHREM BÜROHAUS...

Dolores Gonzales fuhr ein schwarzes Mercury-Cabrio mit hellem Verdeck.
Wir fuhren nach Westen, durch Beverly Hills und dann weiter.
Ich drückte mit der Innenseite meines Armes gegen die Luger im Schulterhalfter.
WARUM HAT MISS WELD MICH NICHT SELBST ANGERUFEN?
KONNTE SIE NICHT. SIE HATTE DIE NUMMER NICHT UND SIE HATTE SEHR WENIG ZEIT. ANSCHEINEND WAR ES, ALS GERADE JEMAND EINEN AUGENBLICK DAS ZIMMER VERLASSEN HATTE.
SIE SIND HEUTE ABEND VERBITTERT, AMIGO.
ICH SITZE IN DER KLEMME.
ICH BIN NUR DESHALB HIER, WEIL ICH SO VIEL ÄRGER HABE...
...DASS EIN BISSCHEN MEHR NUR DER ZUCKERGUSS IST.
IMMER DIE KLEINEN WITZE. WAS FÜR EIN SELTSAMER MANN.
WITZE, SOLANGE ES GEHT.
UND EIN GANZ GEWÖHNLICHER BURSCHE, DER BLOSS EINEN KOPF HAT... UND MIT DEM IST MANCHMAL RECHT ÜBEL UMGEGANGEN WORDEN. UND DIESE „MANCHMAL" HABEN MEISTENS SO ANGEFANGEN WIE JETZT.
WAS FÜR EINE ART VON ÄRGER HAT MAVIS WELD?
ICH WEISS NICHT. SIE SAGTE NUR, DASS SIE IN DER KLEMME SITZT UND ANGST HÄTTE UND IHRE HILFE BRÄUCHTE.
KÖNNEN SIE SICH WIRKLICH KEINE BESSERE GESCHICHTE AUSDENKEN?
ICH WÜRDE MAVIS WELD NIE DAS GERINGSTE ZU LEIDE TUN.
ICH ERWARTE JA GAR NICHT, DASS SIE MIR GLAUBEN.
IRGENDWAS STINKT HIER. UND WILDE LILIEN SIND DAS NICHT...

ICH BIN SEHR DUMM.
ER WIRD MICH DAFÜR UMBRINGEN... GENAUSO, WIE ER STEIN UMBRACHTE.
DAS IST STEELGRAVES HAUS.
IST ER DA DRIN?
JA. UND MAVIS. ER WIRD SIE AUCH UMBRINGEN.
HÖR..
KÜSS MICH, AMIGO. ICH HABE NICHT LANGE ZU LEBEN.
Ich stieß sie von mir fort, aber sanft.

Sie trat zurück und hob ihre rechte Hand.
Jetzt war da eine Waffe drin.
Ich dachte, die Waffe würde hochziehen, wenn sie abdrückte. Wenn ich mich im richtigen Moment fallen ließe...
...aber so gut war ich nicht.
BEI STEIN WAR'S EGAL. DEN HÄTTE ICH SELBST UMGEBRACHT... MIT FREUDEN. DIESES MISTSTÜCK.
MAVIS HAT IHN MIR WEGGENOMMEN, ABER ICH WOLLTE NICHT, DASS ER SIE UMBRINGT. WENN ICH IHNEN DIE KANONE GEBE, TÖTEN SIE IHN FÜR MICH?
STERBEN IST NICHTS BESONDERES, TÖTEN IST NICHTS BESONDERES...
ABER LEUTE IN DEN TOD LOCKEN... ICH MÜSSTE ÜBER SO EINEN QUATSCH LÄNGST HINAUS SEIN.
WENN ICH MÜSSTE.
SIE GLAUBEN, SIE SEIEN ABGEBRÜHT, AMIGO. SIE SIND EIN WEICHER PFIRSICH GEGEN STEELGRAVE.
ICH KENNEN IHN SEIT LANGER ZEIT. ICH KANNTE IHN SCHON IN CLEVELAND.
ER HAT EIN DUTZEND MÄNNER UMGEBRACHT. IMMER MIT EINEM LÄCHELN.
MIT DEM EISDORN?
GUTE NACHT, AMIGO.

Dann stieß der Wagen heftig zurück, mit schrillem Reifenquietschen auf der Asphaltdecke.
Die Lampen glitten zwischen den Bäumen davon und das Geräusch mischte sich in das fortwährende Schrillen der Baumfrösche.
Kaliber 0.32 mit weißem Elfenbeingriff.
Zwei fehlten an der vollen Ladung. Es war daraus gefeuert worden. Vielleicht zweimal.
Auf Orrin Quest war zweimal geschossen worden. Die gebrauchten Patronen, die ich vom Boden aufsammelte, hatten Kaliber 0.32.
Und gestern Nachmittag, in Zimmer 332 des Hotels Van Nuys, hatte eine blonde Frau mit einem Handtuch vor dem Gesicht...
...eine 0.32 Automatik mit einem Elfenbeingriff auf mich gerichtet.
Man kann sich viel zu viel einfallen lassen.
Man kann sich auch zu wenig einfallen lassen.

Ich nahm nicht an, dass die Tür mir zu Gefallen unverschlossen war und so schlenderte ich herum, bis ich eine Tür unter der Holztreppe zum Lieferanteneingang fand.
Die Treppe führte zu einem Flur und schließlich erreichte ich den Raum, der wohl das Wohnzimmer war.
Ich konnte das übliche Zubehör eines großen Wohnraums erkennen und außerdem gab es lange Tische mit Überzügen in der Mitte, die mir verrieten, dass die Jungs von der Polizei mit dem Spielsalon Recht gehabt hatten.
Vielleicht lauerten Tiger im Dunkeln und beobachteten mich. Oder Kerle mit großen Pistolen.
Oder gar nichts und zu viel Einbildung am falschen Ort.
GRÜSS GOTT, ALLERSEITS. BRAUCHT HIER JEMAND EINEN DETEKTIV?
EBENFALLS GRÜSS GOTT...
...ICH GLAUBE, DASS SIE ZU SPÄT KOMMEN.
ZU SPÄT FÜR WAS?
UM ERSCHOSSEN ZU WERDEN.
QUATSCH. DEN GANZEN ABEND HAB ICH MICH DRAUF GEFREUT.
MISS GONZALES HAT MICH GEBRACHT.
ICH WEISS. SIE WIRD WAHNSINNIG ENTTÄUSCHT SEIN. SIE HAT SIE GENAU INS SCHUSSFELD GEBRACHT... GENAU WIE STEIN.
VIELLEICHT WOLLTE SIE DAS. ABER SIE HAT ES SICH ANDERS ÜBERLEGT.

WAS SIND SIE DOCH FÜR EIN WEIBERHELD. WIE MACHEN SIE DAS NUR?
IHR ANZUG KANN ES NICHT SEIN, AUCH NICHT GELD ODER PERSÖNLICHKEIT. DAS ALLES HABEN SIE NICHT.
HMHM. SIE SIND MIT EINEM SILBERNEN CADILLAC IM MUND GEBOREN. UND ICH KÖNNTE AUCH RATEN, WO.
JA?
SIE HABEN NICHT GEGLAUBT, DASS ES NIEMAND RAUSKRIEGT, ODER?
WO IST STEELGRAVE?
ER WAR HIER.
KANN ICH EINE ZIGARETTE BEKOMMEN?
DER ALTE PAUSENFÜLLER, MIT DER ZIGARETTE. ABER ICH WEISS NICHT, WAS ICH GLAUBEN SOLL... IST ES, DAMIT JEMAND RECHTZEITIG HERKOMMT... ODER DAMIT JEMAND WEIT GENUG FORTKOMMT.
WO IST STEELGRAVE?
EGAL, WO ER IST... SEIEN SIE FROH. ER WOLLTE SIE TÖTEN. JEDENFALLS DACHTE ER DAS.
SIE WOLLTEN MICH HIER HABEN, STIMMT'S? MOCHTEN SIE IHN SO GERN?
ICH MUSS IHN GEMOCHT HABEN.
ES KOMMT MIR VOR WIE VOR TAUSEND JAHREN, DA LERNTE ICH EINEN MENSCHEN KENNEN, DER SICH GUT BENEHMEN KONNTE UND NICHT MIT SEINEM CHARME UM SICH WARF.
JA, ICH HATTE IHN GERN. ICH HATTE IHN SEHR GERN.
AM ENDE LIEBTE ICH IHN DAMIT.
Jetzt waren es zwei, aus denen geschossen worden war.

VERSUCHEN SIE DEN SESSEL AM FENSTER.
Ich ging rüber, sanft im ersten Gang.
Es bewegte sich kein Blut in ihm und ganz wenig Blut hatte sein Jackett befleckt.
Ich wischte meine Hände mit dem Taschentuch ab und blieb noch eine Weile stehen... betrachtete sein stilles, kleines Gesicht.
Ein Geschoss hatte die Außentasche seines zweireihigen Jacketts durchbohrt.
Es war von jemandem abgefeuert worden, der wusste, wo das Herz saß.

WAS HÄTTE ICH DENN TUN SOLLEN? ER HAT MEINEN BRUDER UMGEBRACHT.
JEMAND MUSSTE ES TUN... UND ZWAR SCHNELL.
HABEN SIE SICH MAL ÜBERLEGT, WARUM STEELGRAVE MICH NIE VERFOLGT HAT UND WARUM ER ZUGELASSEN HAT, DASS SIE GESTERN INS VAN NUYS HOTEL GINGEN?
HABEN SIE SICH NIE ÜBERLEGT, WARUM EIN KERL MIT SEINEN MÖGLICHKEITEN NIE VERSUCHT HAT, AN DIE FOTOS HERANZUKOMMEN... EGAL, MIT WELCHEN MITTELN?
WIE LANGE WUSSTEN SIE, DASS ES DIESE FOTOS GAB?
VIELE WOCHEN, BEINAHE ZWEI MONATE. ICH BEKAM EINES MIT DER POST, EIN PAAR TAGE DANACH...
... NACHDEM STEIN GEKILLT WURDE.
GLAUBTEN SIE, DASS STEELGRAVE STEIN GETÖTET HAT?
NEIN, WARUM AUCH?
DAS HEISST... NICHT... BIS HEUTE ABEND.
WAS PASSIERTE, NACHDEM SIE DAS FOTO BEKOMMEN HATTEN?
MEIN BRUDER ORRIN RIEF MICH AN UND SAGTE, DASS ER SEINE STELLUNG VERLOREN HÄTTE UND PLEITE SEI. ER WOLLTE GELD.
ER SAGTE NICHTS ÜBER DAS FOTO. BRAUCHTE ER NICHT. ES GAB NUR EINE GELEGENHEIT, BEI DER ES GEKNIPST WORDEN SEIN MUSSTE.
WIE GING'S WEITER? WEITERE ABZÜGE VON DEM FOTO?
JEDE WOCHE EINEN.
ICH ZEIGTE SIE IHM.

ES GEFIEL IHM NICHT.
ICH SAGTE IHM NICHTS VON ORRIN. ABER LEUTE VON SEINER SORTE KRIEGEN SO WAS RAUS.
ABER NICHT WO ORRIN SICH VERSTECKTE. SONST HÄTTE ER NICHT SO LANGE GEWARTET.
WANN HABEN SIE'S IHM GESAGT?
ICH HAB'S IHM HEUTE GESAGT.
BITTE, FRAGEN SIE MICH NICHT SO VIELE SINNLOSE SACHEN. SIE KÖNNEN DA NICHTS MACHEN. ICH GLAUBTE, SIE KÖNNTEN ES... ALS ICH DOLORES ANRIEF. JETZT GEHT ES NICHT MEHR.
SIE SIND MIR ZU SCHNELL. ALS SIE INS VAN NUYS GINGEN, WUSSTEN SIE DOCH NICHT, DASS STEELGRAVE WEEPY MOYER WAR. WARUM GINGEN SIE DANN HIN?
ABER ALS ER IM GEFÄNGNIS WAR, MUSSTE MIR KLAR WERDEN, DASS ETWAS MIT IHM LOS WAR, WAS ICH NICHT WISSEN SOLLTE.
ICH HABE MIR WOHL GEDACHT, DASS ER IN TRÜBE GESCHÄFTE VERWICKELT WAR.
ABER NICHT, DASS ER LEUTE UMBRACHTE.
NA SCHÖN. ETWAS GIBT ES, DAS SIE ANSCHEINEND NICHT BEGREIFEN.
STEELGRAVE WUSSTE, FRÜHER ODER SPÄTER MUSSTE DER ERPRESSER SICH ZEIGEN. UND DARAUF WARTETE ER.
DAS FOTO INTERESSIERTE IHN ÜBERHAUPT NICHT... HÖCHSTENS SO WEIT ES SIE BETRAF.
ER HAT MEINEN BRUDER GETÖTET.
SIE HABEN IHN FRÜHER GERN GEHABT.
SEIT GESTERN ABEND KONNTE ICH IHN NICHT MEHR LEIDEN. ER SAH, WIE SIE MEIN APARTMENT VERLIESSEN UND FRAGTE MICH NACH IHNEN AUS.
ICH ERZÄHLTE ES IHM.
ICH SAGTE IHM, DASS ICH ZUGEBEN MÜSSTE, DASS ICH IM VAN NUYS HOTEL WAR, ALS DORT EIN TOTER MANN LAG.

ES WIRD 'NE MENGE KOSTEN, DIE SACHE AUS DER WELT ZU SCHAFFEN.
ICH HABE NICHT VIEL GELD. ALSO, SO GEHT'S NICHT.
ALSO BIN ICH AN DER REIHE.
SAGEN SIE MIR, WARUM HATTEN SIE DEN REVOLVER BEI SICH? WOLLTEN SIE IHN TÖTEN?
WARUM NICHT? ICH DACHTE, ICH BEDEUTE IHM ETWAS.
ALSO LOS.
FAHREN SIE.
DAMIT KOMMEN SIE DOCH NICHT DURCH.
SIE SIND MEINE KLIENTIN. KEINE LANGEN REDEN.
ABER ICH HABE IHN GETÖTET.
WARUM SOLLTEN SIE DA REINGEZOGEN WERDEN?
ICH VERSTEHE KEIN WORT...
Sie schien kaum zu atmen.
Dann wandte sie sich plötzlich um und ging fort. Ich wartete, dass sie zurücksah.
Sie ging weiter, ohne sich umzudrehen.

CHATEAU BERCY? DOLORES GONZALES BITTE.
Als sie abhob, konnte ich beinahe hören, wie sie den Atem anhielt. Nicht ganz. Man kann es nicht wirklich durchs Telefon hören. Manchmal meint man, man könnte es.
Sie behauptete, dass Steelgrave heute Nacht versucht hatte, ihr die Kanone unterzujubeln. Ich sagte ihr, sie solle vergessen, dass ich angerufen hätte und wandte mich wieder Steelgrave zu.
Ich holte die Waffe heraus, die Dolores mir gegeben hatte, wischte sie ab und legte seine kleine schlaffe Hand um den Griff. So hielt ich sie und ließ dann los.
Die Waffe plumpste auf den Teppich. Sie lag da ganz natürlich.
Jetzt hatte ich noch drei Waffen übrig. Die Kanone in seinem Halfter holte ich raus, ging rüber und stekkte sie unter die Bar, in ein Handtuch gewickelt. Meine Luger fasste ich nicht an. Da war noch die andere Automatik mit weißem Griff.
Ich feuerte zwei Schüsse ab, die sich friedlich in die Wand bohrten.
Ich konnte nicht sagen, ob der große Muskel an seinem Hals schon angefangen hatte zu erstarren. Aber seine Haut war kühler als vorhin.
Besonders viel Zeit hatte ich nicht zu vertrödeln.
JA, GEBEN SIE MIR DIE MORDKOMMISSION, DETECTIVE CHRISTY FRENCH...

Sie kamen daher, wie es sich gehörte, groß, kräftig und ruhig... in ihren Augen flackerte es aufmerksam, vorsichtig, misstrauisch.
POLICE
TOT, MEINEN SIE NICHT AUCH?
FINGERABDRÜCKE HOFFENTLICH ALLE AN DEN RICHTIGEN STELLEN.
WAREN SIE HIER, ALS DAS PASSIERT IST, MARLOWE.
NEIN.
HEUTE ABEND RIEF MICH EINE BEKANNTE AN UND SAGTE, EIN KLIENT VON MIR SEI HIER IN GEFAHR... DURCH IHN. DIESE BEKANNTE FUHR MIT MIR HER.
JEMAND MIT EINEM NAMEN?
DOLORES GONZALES, CHATEAU BERCY APARTMENTS. AN DER FRANKLIN AVENUE.
SIE ARBEITET BEIM FILM.
OHO.
WER IST IHR KLIENT? DIESELBE?
NEIN, DAS IST JEMAND GANZ ANDERES.
MIT EINEM NAMEN?
NOCH NICHT. WIR MÜSSEN EINE ABMACHUNG HABEN, BETREFFEND PUBLICITY.
DER STAATSANWALT MUSS EINVERSTANDEN SEIN.

SIE WISSEN WOHL NICHT, WIE DER STAATSANWALT IST.
DER IST SO SCHARF AUF PUBLICITY WIE ICH AUF ZARTE JUNGE GARTENERBSEN.
SIE HAT KEINEN NAMEN...
WIR HABEN EIN DUTZEND METHODEN, UM DAS RAUSZU-KRIEGEN.
WARUM DIESER UMSTAND, WARUM DIESE SCHWIERIGKEITEN FÜR UNS ALLE?
VERDAMMT NOCH MAL, DIESER MANN HAT ORRIN QUEST GETÖTET.
NEHMEN SIE DIESEN REVOLVER MIT UND VERGLEICHEN SIE IHN MIT DEN KUGELN, DIE IN QUEST STECKEN. KOMMEN SIE MIR WENIGSTENS SO WEIT ENTGEGEN.
IHNEN GEBE ICH NOCH NICHT MAL DAS SCHWARZE ENDE VON EINEM ABGEBRANNTEN STREICHHOLZ.
ICH WERDE SIE NICHT ANLÜGEN. UND ICH WERDE IHNEN KEIN WORT SAGEN... AUSSER ZU DEN GENANNTEN BEDINGUNGEN.
LEGEN SIE IHM HANDSCHELLEN AN, FRED.
ER IST VERHAFTET.

Zehn Stunden und eine Kanne bitteren schwarzen Kaffees später fühlte ich mich wie ein Karton voll Sägespäne, in dem die Katze jungt. Sie ließen mich die ganze Nacht auf einem Stuhl sitzen, aber am Ende war's die härteste Nuss, die sie je-mals hatten.
Der saubere Dr. Lagardie war verschwunden, aber sie hatten rausgefunden, dass ich mit der Cleveland-Sache Recht hatte.
Ich hasse es, wenn es sauber aufgeht.
Orrin Quest wollte Steelgrave drankriegen. Und da trifft er doch ganz zufällig diesen Burschen in Bay City, der beweisen konnte, wer Steelgrave war. Aber als das Foto aufgenommen wurde, war Moe Stein noch nicht erledigt. JEMAND musste es ihm sagen.
Jedenfalls schien die ganze Sache erledigt. Clausen und auch Mileaway Marston waren vorbestraft. Orrin Quest war tot und die Polizei würde nicht seine Familie reinziehen, nur um zu beweisen, dass sie einen Fall aufklären konnte.
Was Steelgrave anging... wenn es einen Gangster erwischt hat, dauert die Untersuchung nicht lange.
Seine Identität stand außer Frage. Unter der Hand war man schon immer sicher gewesen, dass Steelgrave Moyer war, man konnte es nur nicht beweisen.
Und die Waffen gehörten beide Steelgrave. Eine davon tötete Quest. Und dieselbe Waffe tötete Stein.
DISTRICT ATTORNEY
Das wär schon was, wenn der Ballistiker sie verwechselt hätte.
SIE SIND SCHLECHT DRAN, MARLOWE...
...SIEHT GAR NICHT GUT AUS.
MAN HAT SIE ERWISCHT, WIE SIE BEWEISMITTEL UNTERSCHLAGEN HABEN, MIT DENEN EIN MORDFALL GEKLÄRT WERDEN KONNTE. DAS HEISST DIE GERECHTIGKEIT AUFHALTEN. SIE KÖNNTEN BELANGT WERDEN.

WAS FÜR BEWEIS-MITTEL?
MOMENT MAL. IST DAS FOTO DAS BEWEISSTÜCK, DAS MR. MARLOWE UNTERDRÜCKT HABEN SOLL?
ALS MISS WELDS ANWALT MUSS ICH DARAUF HINWEISEN, DASS DIESES FOTO GAR NICHTS BEWEIST.
MISTER FARRELL, ICH STELLE DIE FRAGEN.
MISS WELD, SIND SIE ALSO BEREIT ZU BEEIDEN, WANN UND WO DIESES FOTO AUFGENOMMEN WORDEN IST?
DAS KÖNNTE ICH NICHT, MR. ENDICOTT. ICH HABE NICHT GEMERKT, DASS ES AUFGENOMMEN WURDE.
SIE BRAUCHEN NUR DRAUF-ZUSCHAUEN.
ALLES, WAS ICH WEISS, ENTNEHME ICH DEM BILD.
VON MIR WERDEN VIELE FOTOS AUFGENOMMEN, MR. ENDICOTT. AN VIELEN VERSCHIEDENEN ORTEN UND MIT VIELEN VERSCHIEDENEN LEUTEN.
ICH WAR MITTAGS UND ABENDS IN „THE DANCERS" MIT MR. STEELGRAVE UND VERSCHIEDENEN ANDEREN HERREN ZUM ESSEN.
ICH WEISS NICHT, WAS SIE VON MIR HÖREN WOLLEN.
WENN ICH SIE RECHT VERSTEHE, WOLLEN SIE, DASS MISS WELD ALS IHR ZEUGE AUFTRITT...
...UM DIESES FOTO IN EINEN ZUSAMMENHANG ZU BRINGEN.
IN WAS FÜR EINEM VERFAHREN?

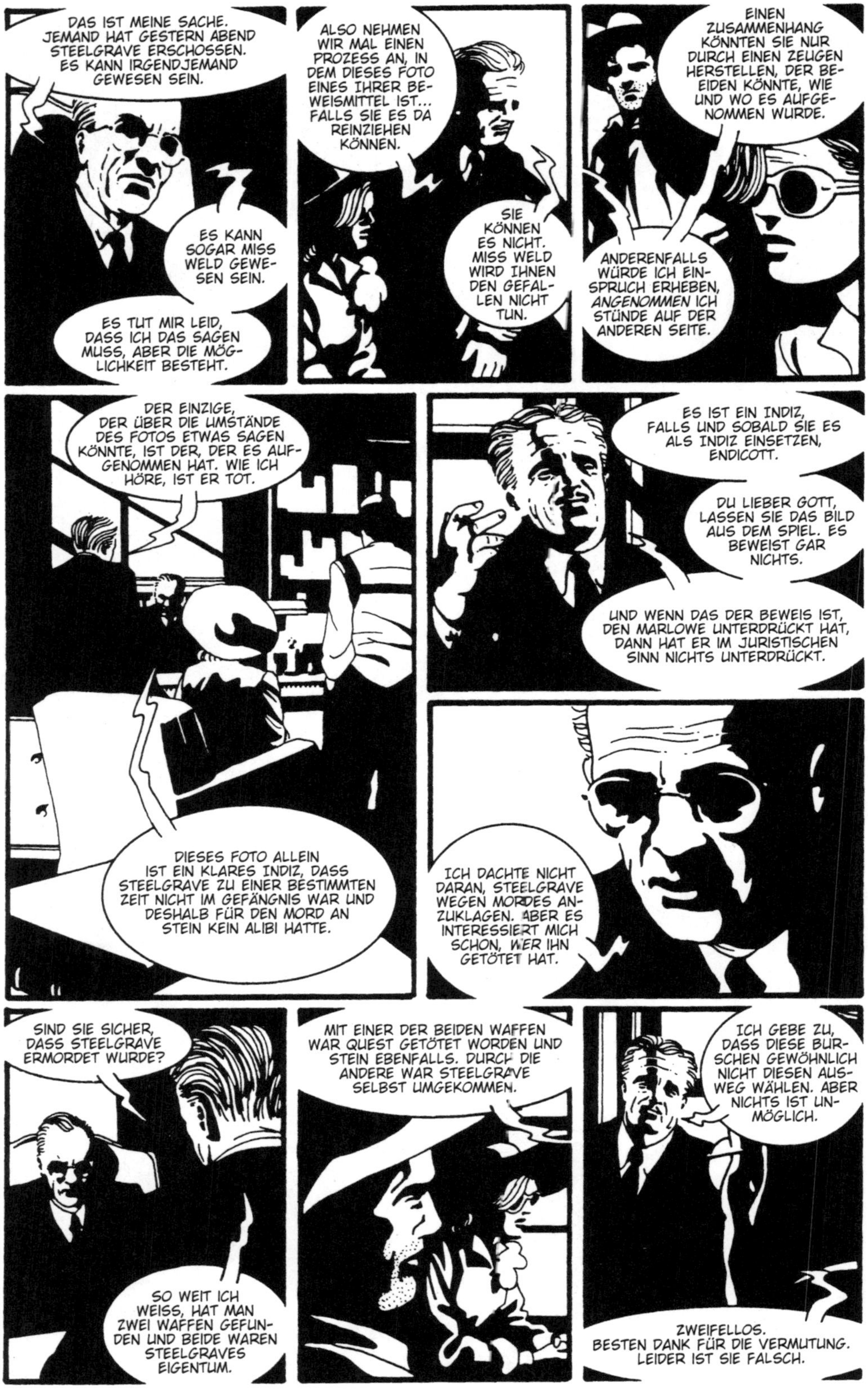
DAS IST MEINE SACHE. JEMAND HAT GESTERN ABEND STEELGRAVE ERSCHOSSEN. ES KANN IRGENDJEMAND GEWESEN SEIN.
ES KANN SOGAR MISS WELD GEWESEN SEIN.
ES TUT MIR LEID, DASS ICH DAS SAGEN MUSS, ABER DIE MÖGLICHKEIT BESTEHT.
ALSO NEHMEN WIR MAL EINEN PROZESS AN, IN DEM DIESES FOTO EINES IHRER BEWEISMITTEL IST... FALLS SIE ES DA REINZIEHEN KÖNNEN.
SIE KÖNNEN ES NICHT. MISS WELD WIRD IHNEN DEN GEFALLEN NICHT TUN.
EINEN ZUSAMMENHANG KÖNNTEN SIE NUR DURCH EINEN ZEUGEN HERSTELLEN, DER BEIDEN KÖNNTE, WIE UND WO ES AUFGENOMMEN WURDE.
ANDERENFALLS WÜRDE ICH EINSPRUCH ERHEBEN, ANGENOMMEN ICH STÜNDE AUF DER ANDEREN SEITE.
DER EINZIGE, DER ÜBER DIE UMSTÄNDE DES FOTOS ETWAS SAGEN KÖNNTE, IST DER, DER ES AUFGENOMMEN HAT. WIE ICH HÖRE, IST ER TOT.
DIESES FOTO ALLEIN IST EIN KLARES INDIZ, DASS STEELGRAVE ZU EINER BESTIMMTEN ZEIT NICHT IM GEFÄNGNIS WAR UND DESHALB FÜR DEN MORD AN STEIN KEIN ALIBI HATTE.
ES IST EIN INDIZ, FALLS UND SOBALD SIE ES ALS INDIZ EINSETZEN, ENDICOTT.
DU LIEBER GOTT, LASSEN SIE DAS BILD AUS DEM SPIEL. ES BEWEIST GAR NICHTS.
UND WENN DAS DER BEWEIS IST, DEN MARLOWE UNTERDRÜCKT HAT, DANN HAT ER IM JURISTISCHEN SINN NICHTS UNTERDRÜCKT.
ICH DACHTE NICHT DARAN, STEELGRAVE WEGEN MORDES ANZUKLAGEN. ABER ES INTERESSIERT MICH SCHON, WER IHN GETÖTET HAT.
SIND SIE SICHER, DASS STEELGRAVE ERMORDET WURDE?
SO WEIT ICH WEISS, HAT MAN ZWEI WAFFEN GEFUNDEN UND BEIDE WAREN STEELGRAVES EIGENTUM.
MIT EINER DER BEIDEN WAFFEN WAR QUEST GETÖTET WORDEN UND STEIN EBENFALLS. DURCH DIE ANDERE WAR STEELGRAVE SELBST UMGEKOMMEN.
ICH GEBE ZU, DASS DIESE BURSCHEN GEWÖHNLICH NICHT DIESEN AUSWEG WÄHLEN. ABER NICHTS IST UNMÖGLICH.
ZWEIFELLOS. BESTEN DANK FÜR DIE VERMUTUNG. LEIDER IST SIE FALSCH.

MISS WELD, UNSERE BEHÖRDE IST NICHT UNBEDINGT AUF PUBLICITY AUS, WENN DIESE PUBLICITY JEMANDEM AUSSERORDENTLICH SCHADET.
ES IST MEINE PFLICHT FESTZUSTELLEN, OB JEMAND WEGEN DIESER MORDE VOR GERICHT GESTELLT WERDEN MUSS UND GEGEN IHN ANKLAGE ZU ERHEBEN.
ICH BIN DER MEINUNG, DASS SIE BEZÜGLICH DIESER FOTOGRAFIE NICHT AUFRICHTIG ZU MIR WAREN, ABER ICH WILL NICHT DARAUF HERUMREITEN.
ES HAT KEINEN GROSSEN SINN, SIE JETZT ZU FRAGEN, OB SIE STEELGRAVE ERSCHOSSEN HABEN.
ABER WAS ICH SIE FRAGEN MÖCHTE, IST, OB SIE IRGENDWELCHE HINWEISE GEBEN KÖNNEN, WER IHN GETÖTET HABEN KÖNNTE.
KENNTNIS, MISS WELD... KEINEN BLOSSEN VERDACHT.
NEIN.
NUN GUT.
DAS IST VORLÄUFIG ALLES.
MISS WELD. MR. FARRELL. DANKE FÜR IHREN BESUCH.

Sie schien mich nicht anzusehen, als sie hinausgingen, aber irgendwas berührte leicht meinen Handrücken.
Sicher ein Zufall.
Ihr Ärmel.
BESONDERS STOLZ SIND SIE WOHL NICHT AUF IHRE ROLLE IN DER AFFÄRE, WAS, MARLOWE?
ICH HABE ES FALSCH ANGEFANGEN.
DANACH MUSSTE ICH ES EINFACH NEHMEN, WIE ES KAM.
DARAUF KÖNNTE ICH VIELE ANTWORTEN GEBEN. SIE KÄMEN ALLE AUF DASSELBE HINAUS.
DANKE, DASS SIE GEKOMMEN SIND...

Ich stieg rauf zu meinem Büro, schloss die Tür auf und schnüffelte... abgenutzte Luft und Staubgeruch.
HALLO...
Ich redete bloß mit der Büroeinrichtung, den drei grünen Karteikästen, dem durchgetretenen Stück Teppich, dem Klientenstuhl mir gegenüber, der Deckenlampe mit den drei toten Motten, die seit mindestens sechs Monaten drin lagen.
Ich redete mit der Riffelglasscheibe, dem schmutzigen Türrahmen und dem müden, müden Telefon.
Ich redete mit dem Schuppenpanzer eines Alligators, der Marlowe hieß und der ein Privatdetektiv war... in unserer blühenden kleinen Gemeinde.
Nicht grade eine Intelligenzbestie, aber billig.
Er war billig, als er anfing und am Ende noch billiger.
ICH BIN'S, MR. MARLOWE...

Orfamay Quest.
Sie war wieder so wie am Anfang, am ersten Vormittag. Dieselbe altmodische Tasche, dieselbe randlose Brille, das gleiche gezierte, kleine, engstirnige Lächeln.
...ICH FAHRE NACH HAUSE.
ZURÜCK NACH MANHATTAN. KÖNNEN SIE SICH DAS LEISTEN?
ICH WEISS NICHT MEHR, OB ICH IHNEN DIE ZWANZIG DOLLAR ZURÜCKGEGEBEN HABE ODER NICHT.
OH, SIE HABEN SIE ZURÜCKGEGEBEN.
WENN'S UM GELD GEHT, VERGESSE ICH NICHTS.
ICH WÜNSCHTE, SIE WÜRDEN MIR SAGEN, WAS MIT ORRIN PASSIERT IST. ICH BIN GANZ DURCHEINANDER.
ICH HABE JA GESAGT, DASS ER WAHRSCHEINLICH AUF DIE SCHIEFE EBENE GERATEN IST.
HATTE EINEN ABNORMEN HÄUSLICHEN HINTERGRUND. SEHR GEHEMMTER TYP, MIT SEHR HOCH ENTWICKELTEM SINN FÜR DIE EIGENE WICHTIGKEIT.
ICH WILL IHNEN JETZT NICHT MIT PSYCHOLOGIE KOMMEN, ABER ER WAR EIN TYP, DER WIRKLICH TOTAL DURCHDREHEN MUSSTE.
UND DANN GIBT'S DA DIESE SCHRECKLICHE GELDGIER IN IHRER FAMILIE...
... MIT EINER AUSNAHME.
Wenn sie dachte, ich hätte sie gemeint... mir konnte es egal sein.

EINES MÖCHTE ICH SIE FRAGEN. WAR IHR VATER VORHER SCHON MAL VERHEIRATET?
JA, WARUM?
NA ALSO, LEILA HATTE EINE ANDERE MUTTER. DAS PASST MIR GUT.
ERZÄHLEN SIE MIR NOCH ETWAS MEHR. ICH HAB 'NE MENGE FÜR SIE GEMACHT, FÜR DIE SEHR NIEDRIGE SUMME VON NULL DOLLAR NETTO.
SIE SIND GUT BEZAHLT WORDEN. VON LEILA.
GLAUBEN SIE NICHT, DASS ICH SIE MAVIS WELD NENNEN WERDE. FÄLLT MIR NICHT EIN.
SIE HABEN NICHT GEWUSST, DASS ICH WOANDERS BEZAHLT WERDE.
MEINET-WEGEN...
...ABER SIE SIND ES.
LASSEN WIR DAS.
WIE HAT ORRIN ETWAS ÜBER STEELGRAVE HERAUSGEFUNDEN, WAS DIE POLIZEI NICHT WUSSTE?
ICH... WEISS NICHT.
VIELLEICHT DURCH DIESEN DOKTOR?
ABER JA. ER UND ORRIN WURDEN FREUNDE.
DAS GEMEINSAME INTERESSE FÜR SPITZE WERK-ZEUGE.
Wieder so ein reinliches, kleines Schweigen, während sie zur Tasche rüber sah.
Allmählich war ich neugierig auf die Tasche.

WARUM HAT ORRIN SIE VORGESTERN ABEND ANGERUFEN?
ER HATTE... ER HATTE ANGST. DR. LAGARDIE WAR NICHT MEHR MIT IHM ZUFRIEDEN.
ER... ER HATTE DIE BILDER NICHT MEHR. DIE HATTE JEMAND ANDERS.
ORRIN WUSSTE NICHT, WER. ABER ER HATTE ANGST.
ICH HATTE SIE.
ICH HABE SIE IMMER NOCH.
ICH...ICH GLAUBE IHNEN NICHT.
Ich stand auf und ging zum Safe. Kurz darauf war ich mit dem Umschlag zurück.
Ich leerte die Abzüge und das Negativ auf den Schreibtisch... auf meine Seite.
ICH MÖCHTE EIN PAAR VON DEN BRIEFEN SEHEN, DIE ER GESCHRIEBEN HAT. DA GIBT'S SICHER WAS ZU LESEN.
ICH KÖNNTE DAFÜR SORGEN, DASS SIE DIE BILDER DER POLIZEI GEBEN MÜSSEN.
VERSUCHEN SIE'S MAL.
WER HAT DIE POLYPEN VERSTÄNDIGT, DASS DR. LAGARDIE CLAUSEN KANNTE? LAGARDIE GLAUBTE, ICH SEI ES GEWESEN. ICH WAR'S NICHT. SIE WAREN ES.
WARUM? AUS DEM GLEICHEN GRUND, AUS DEM SIE MICH ENGAGIERT HABEN. UM IHREN BRUDER AUSZURÄUCHERN, DER NICHT TEILEN WOLLTE... WEIL ER SEIN SPIEL VERLOREN HATTE UND SICH VERSTECKEN MUSSTE?

SIE SAUKERL. SIE GEMEINER HUND.
WAS FÄLLT IHNEN EIN, SO WAS ZU MIR ZU SAGEN!
WIE VIEL ZASTER HABEN SIE BEI DIESER AFFÄRE RAUSGEQUETSCHT?
LASSEN SIE DIE FINGER VON DER TASCHE!
Ich griff nach ihr, zog sie an mich und machte sie auf.
Da war nichts, bis ich an die Seitentasche mit Reißverschluss kam.
L-LEILA HAT MIR DAS GELD GEGEBEN.
LEILA HAT IHNEN DAS GELD NICHT GEGEBEN.
STEELGRAVE HAT ES IHNEN GEGEBEN. WEIL SIE WUSSTEN, WO ORRIN WAR.
IHR EIGENER BRUDER. UND SIE HABEN ES ARRANGIERT, DASS DIE IHN UMBRINGEN KONNTEN.
LEILA HAT ES IHM GESAGT. LEILA WAR'S.
LEILA HAT MIR GESAGT, DASS SIE'S IHM GESAGT HAT. ABER SIE NIMMT KEIN BLUTGELD.
TAUSEND DOLLAR. HOFFENTLICH WERDEN SIE GLÜCKLICH DAMIT.

ICH KÖNNTE ES DER POLIZEI ERZÄHLEN. ICH KÖNNTE IHNEN VIEL ERZÄHLEN. MIR WÜRDEN SIE GLAUBEN.
ICH KÖNNTE IHNEN ERZÄHLEN, WER STEELGRAVE ERSCHOSSEN HAT.
MIR KÖNNTEN SIE AUCH GLAUBEN.
WER KANN'S DENN *BEWEISEN*? WER LEBT NOCH, UM ES ZU BEWEISEN? SIE ETWA? WER SIND SIE DENN? EIN KLEINER SCHNÜFFLER, EIN NIEMAND.
SIE SIND DOCH SCHON FÜR ZWANZIG DOLLAR ZU HABEN!
BITTE, WAS WOLLEN SIE DENN?
ICH HABE KEINE BRÜDER ODER SCHWESTERN ZU VERKAUFEN.
Sie erstarrte, steif vor Entsetzen. Das Licht funkelte auf den Gläsern ihrer Brille.
Dahinter waren keine Augen.
Aber ich wusste, sie hafteten fest an dem glimmenden kleinen Haufen zerrissener Bilder.

Das Telefon klingelte und sie fuhr zusammen.
Ich griff danach.
HALLO.
AMIGO, GEHT'S IHNEN GUT?
Im Hintergrund war ein Geräusch.
Ich wandte mich um und sah, wie die Tür zugezogen wurde.
Ich war allein im Raum.
ICH BIN MÜDE. ICH WAR DIE GANZE NACHT AUF. ABGESEHEN VON...
WÜRDEN SIE MIT MIR ESSEN GEHEN?
WARUM NICHT? SIND SIE ZU HAUSE?
SI.
ICH KOMME BALD RÜBER.

Das Spiel war zu Ende. Ich saß im leeren Theater. Der Vorhang war zu und schwach darauf projiziert sah ich die Handlung.
Aber schon wurden einige der Schauspieler undeutlich und unwirklich. Vor allem die kleine Schwester. Denn sie WAR ja auch unwirklich.
Ich dachte an sie, wie sie zurück zockelte, nach Manhattan, Kansas, zur lieben alten Mutti, mit den dikken fetten tausend Dollar in ihrer Börse. Ein paar Leute mussten getötet werden, damit sie sie bekam, aber das würde ihr sicher nicht lange zu schaffen machen.
AMIGO.
VIER STUNDEN SCHLAF UND EIN PAAR DRINKS. MEHR BRAUCHE ICH NICHT, UM IHNEN WIEDER UNSINN ZU ERZÄHLEN. ZURZEIT HABE ICH KAUM DIE KRAFT, WAS VERNÜNFTIGES ZU SAGEN.
ABER ICH MUSS.
ABER BITTE, AMIGO, WIE SIE ES WÜNSCHEN. KOMMEN SIE REIN.
WO HABEN SIE IN CLEVELAND GELEBT?
IN CLEVELAND? HABE ICH GESAGT, DASS ICH IN CLEVELAND GELEBT HABE?
SIE HABEN GESAGT, SIE HABEN IHN DORT GEKANNT.
ICH WAR DAMALS VERHEIRATET.
WAS IST DENN LOS, AMIGO?
UND STEELGRAVE HABEN SIE WIE KENNEN GELERNT?

DAMALS WAR ES EINFACH SO... ES WAR SCHICK, EINEN GANGSTER ZU KENNEN. MAN BESUCHTE DIE LOKALE, WO DIE ANGEBLICH HINGINGEN UND WENN MAN GLÜCK HATTE, EINES ABENDS VIELLEICHT...
UND WAS WAR MIT IHREM EHEMANN? ODER WISSEN SIE NICHT MEHR?
DIE STRASSEN DIESER WELT SIND GEPFLASTERT MIT ABGELEGTEN EHEMÄNNERN.
DIE REINE WAHRHEIT, NICHT WAHR? MAN TRIFFT SIE ÜBERALL.
SOGAR IN BAY CITY.
VIELLEICHT IST ER SOGAR EIN ABSOLVENT DER SORBONNE. VIELLEICHT DÄMMERT ER SOGAR IN EINER MIESEN KLEINSTADTPRAXIS DAHIN.
SO EINEN ZUFALL MÖCHTE ICH RICHTIG AUSKOSTEN.
ER HAT WAS POETISCHES, NICHT, AMIGO?
SIE SPRECHEN NICHT VIEL SPANISCH, ODER?
DAS „AMIGO" IST SCHON ABGEWETZT.
DAS EINZIGE „MEXIKANISCHE" AN IHNEN SIND EIN PAAR WORTE UND EINE UMSTÄNDLICHE ART ZU REDEN. „NICHT WAHR" ZU SAGEN, WAS SONST KEIN MENSCH SAGT, NORMALERWEISE.
ICH HABE GROSSEN ÄRGER IN DER STADT.
ANSCHEINEND WAR MISS WELD VERNÜNFTIG GENUG, ES IHREM CHEF ZU ERZÄHLEN UND DER UNTERNAHM ETWAS. BESORGTE IHR LEE FARRELL.
ICH GLAUBE NICHT, DASS SIE GLAUBEN, DASS SIE STEELGRAVE ERSCHOSSEN HAT. ABER SIE GLAUBEN, DASS ICH WEISS, WER IHN ERSCHOSSEN HAT UND SIE MÖGEN MICH NICHT MEHR.
UND WEISST DU ES, AMIGO?
ICH SAGTE ORFAMAY, ICH WEISS ES.
...ICH WAR DORT, AMIGO...

„ES WAR WIRKLICH ZIEMLICH KOMISCH. DAS KLEINE MÄDCHEN HATTE BEI MIR GEWOHNT. SIE WOLLTE STEELGRAVES HAUS SEHEN. SIE SAGTE, SIE HÄTTE NOCH NIE EINE SPIELHÖLLE GESEHEN."
„ALSO RIEF ICH IHN AN UND ER SAGTE, ER WÜRDE AUCH KOMMEN."
„ALS WIR HINKAMEN, LEGTE ER SEINEN ARM UM KLEIN-ORFAMAY UND SAGTE ZU MIR, SIE HÄTTE IHR GELD WIRKLICH VERDIENT."
„ER SAGTE, ER HÄTTE WAS FÜR SIE, DANN ZOG ER EIN BÜNDEL GELDSCHEINE AUS DER TASCHE, DAS IN EIN STÜCK STOFF GEWICKELT WAR."
„ALS SIE ES AUSWICKELTE, WAR EIN LOCH IN DEM STOFF UND DAS LOCH WAR MIT BLUT BEFLECKT."
„KLEIN-ORFAMAY NAHM DAS GELDBÜNDEL, STARRTE ES AN, STARRTE DANN IHN AN UND IHR KLEINES GESICHT WAR SEHR STILL."
„DANN DANKTE SIE IHM, ÖFFNETE IHRE TASCHE, UM DAS GELD REINZUSTECKEN… WIE ICH GLAUBTE… ES WAR ALLES SEHR MERKWÜRDIG…"
„… ABER STATTDESSEN NAHM SIE EINE WAFFE AUS IHRER TASCHE."
„SIE DREHTE SICH UM UND ERSCHOSS IHN MIT EINEM SCHUSS."

SIE HABEN SIE DAZU GEBRACHT, DASS SIE ES MAVIS WELD GESTAND. UND GESTERN ABEND, ALS SIE MICH DA RAUSGEBRACHT HABEN, DA WUSSTEN SIE SCHON, DASS STEELGRAVE TOT WAR UND NICHTS MEHR ZU FÜRCHTEN WAR, UND DAS GANZE MIT DER WAFFE WAR NUR THEATER.
MAVIS WOLLTE UNBEDINGT DIE SCHULD AUF SICH NEHMEN.
ICH JAGTE SIE FORT. SIE ERZÄHLTE MIR, SIE HABE IHN ERSCHOSSEN. SIE HATTE DIE WAFFE. DAS GEGENSTÜCK VON DER, DIE SIE MIR GEGEBEN HATTEN. SIE HABEN WOHL NICHT BEMERKT, DASS DIE VON IHNEN BENUTZT WORDEN WAR.
ICH WEISS SEHR WENIG ÜBER WAFFEN.
KLAR. ICH ZÄHLTE DIE PATRONEN DARIN. ZWEI WAREN ABGEFEUERT WORDEN.
QUEST WAR MITZWEI SCHÜSSEN AUS EINER 0.32ER AUTOMATIK GETÖTET WORDEN. DAS GLEICHE KALIBER. ICH HABE MIR DIE LEEREN HÜLSEN AUS DER BUDEDORT UNTEN MITGENOMMEN.
WO UNTEN, AMIGO?
NATÜRLICH KONNTE ICH NICHT WISSEN, DASS ES DIESELBE WAFFE WAR...
...ABER MAN KONNTE ES VERSUCHEN. NUR ALLES EIN BISSCHEN DURCHEINANDERBRINGEN UND MAVIS DAS HINTERTÜRCHEN AUFMACHEN.
ALSO VERTAUSCHTE ICH DIE PISTOLEN, DIE ER BEI SICH HATTE. SEINE WAR EINE SCHWARZE 0.38. SO WAS, DAS ER EHER BEI SICH HABEN KONNTE. SO EINE WAFFE WÜRDE STEELGRAVE NIE TRAGEN.
UND WENN ER EINEN MENSCHEN ERSCHOSS, DANN PRÜFTE ER NACH, OB ER TOT WAR.
ABER DIESER BURSCHE STAND AUF UND WANDERTE EIN STÜCK.
WELCHER BURSCHE? ICH FÜRCHTE, ICH KOMME DA NICHT GANZ MIT.
ICH WÜRDE SOGAR SAGEN, DASS ER NOCH GEREDET HAT. ABER DAS HAT ER NICHT.
SEINE LUNGEN WAREN VOLL BLUT. ER STARB VOR MEINEN FÜSSEN.
DA UNTEN.
ABER WO UNTEN? DU HAST MIR NICHT GESAGT, WAS DAS WAR, WO DAS...
MUSS ICH DAS? SIE WAREN DABEI, ALS KLEIN-ORFAMAY IHM SAGTE, WO ER HINGEHEN MUSSTE. NUR DASS ER NICHT GING.
SO LAGEN DOCH DIE DINGE VON ANFANG AN. NUR ICH WOLLTE ES NICHT GLAUBEN, OBGLEICH ICH ES DIREKT VOR DER NASE HATTE.

STEELGRAVE HAT SICH GEBESSERT UND ES GEHTIHM GUT.
DA KOMMT DIESER STEIN DAHER UND MACHT SCHWIERIGKEITEN... WILL EINEN ANTEIL. ALSO GUT, STEIN MUSS WEG. STEELGRAVE WILL NIEMAND TÖTEN. ABER STEIN MUSSTE ER LOSWERDEN.
ALSO LÄSST ER SICH EINSPERREN. UND DANN BESTICHT ER DEN GEFÄNGNISARZT, KOMMT HERAUS, TÖTET STEIN UND GEHT SOFORT WIEDER INS GEFÄNGNIS.
SOBALD DER MORD BEKANNT WURDE, MUSSTE DER JEMAND, DER IHN RAUSGELASSEN HAT, VERDAMMT SCHNELL VERSCHWINDEN. WEIL DIE POLYPEN RÜBERKOMMEN UND ALLERHAND FRAGEN WÜRDEN.
GANZ NATÜRLICH, AMIGO.
SO WEIT, SO GUT. WARUM SORGTE ER DAFÜR, DASS SIE IHN ZEHN TAGE LANG INS GEFÄNGNIS SPERRTEN?
NUMMER EINS, UM SICH EIN ALIBI ZU BESORGEN.
NUMMER ZWEI, WEIL ER WUSSTE, DASS DIE FRAGE...
...SEINER IDENTITÄT MIT WEEPY MOYER FRÜHER ODER SPÄTER AUFKOMMEN WÜRDE... ALSO, WARUM IHNEN NICHT DIE GELEGENHEIT GEBEN, DAMIT DIE SACHE AUSGESTANDEN WAR?
GEFÄLLT DIR DIE IDEE, AMIGO?
JA. SEHEN SIE DOCH MAL...
... WARUM SOLL ER AUSGERECHNET AN DEM TAG IN EINEM RESTAURANT ZUM ESSEN GEHEN, AN DEM ER AUS DEM BAU KAM, UM STEIN UMZULEGEN?
UND WENN ER DAS MACHTE, WIESO WAR GERADE AN DEM TAG QUEST IN DER GEGEND, UM DAS FOTO ZU KNIPSEN?
STEIN WAR NOCH NICHT TOT.
ICH HAB'S GERN, WENN LEUTE GLÜCK HABEN, ABER DAS IST ZU VIEL GLÜCK.
NOCH MAL... AUCH WENN STEELGRAVE NICHT MERKTE, DASS DAS BILD GEKNIPST WURDE, SO WUSSTE ER DOCH, WER QUEST WAR. ER MUSS ES GEWUSST HABEN.
ER WAR MAVIS WELDS FREUND. ER MUSS ALSO IRGENDWAS ÜBER DIESEN BRUDER GEWUSST HABEN.
AUS ALL DEM LÄSST SICH ABLEITEN, GERADE IN DIESER NACHT HÄTTE STEELGRAVE STEIN BESTIMMT NICHT ERSCHOSSEN... AUCH WENN ER ES URSPRÜNGLICH WOLLTE.
JETZT MUSS ICH WOHL FRAGEN, WER ES DANN WAR.

„JEMAND, DER STEIN KANNTE UND AN IHN HERAN-KONNTE."
„JEMAND, DER SCHON WUSSTE, DASS DAS FOTO GEKNIPST WORDEN WAR, DER WUSSTE, WER STEIN WAR, DER WUSSTE, DASS MAVIS WELD NAHE DRAN WAR, EIN GROSSER STAR ZU WERDEN, DER WUSSTE, DASS IHR UMGANG MIT STEELGRAVE GEFÄHRLICH WAR."
„JEMAND, DER QUEST KANNTE, WEIL ER IHM IN MAVIS WELDS APARTMENT BE-GEGNET WAR UND IHN DORT ZUSAMMENGE-STAUCHT HATTE... UND DER WAR EIN JUNGE, DER DURCH EINE SOL-CHE BEHANDLUNG AUS JEDER FAS-SUNG GEBRACHT WURDE."
LAKE · PRESTON
THIS GUN
BOGART
„DER WUSSTE, DASS DIESE 0.32ER MIT DEN ELFENBEINGRIFFEN AUF DEN NAMEN STEELGRAVE REGISTRIERT WAREN..."
„...OBWOHL ER SIE NUR ALS GESCHENK FÜR EINI-GE MÄDCHEN GEKAUFT HATTE."
„DER WUSSTE ..."
„HALT!"

HÖREN SIE JETZT SOFORT AUF, BITTE! ICH KANN DAS KEINE MINUTE LÄNGER ANHÖREN. GEHEN SIE JETZT!
WARUM HABEN SIE QUEST GETÖTET?
AUS ZWEI GRÜNDEN, AMIGO. ER WAR ETWAS MEHR ALS EIN BISSCHEN IRRE... ER HÄTTE AM ENDE MICH GETÖTET.
UND DER ANDERE GRUND IST, DASS ES IN DER GANZEN SACHE NICHT UMS GELD GING, ABSOLUT NICHT UMS GELD.
ES GING UM LIEBE.
WIE VIELE MÄNNER EINE FRAU AUCH HABEN MAG, IMMER GIBT ES EINEN, DEN SIE UNTER KEINEN UMSTÄNDEN AN EINE ANDERE FRAU VERLIEREN KANN.
STEELGRAVE WAR ES.
DER MANN, DEN ICH NICHT TEILEN WOLLTE.
ICH HABE IHN GETÖTET.
UND DU, HERZCHEN, DU KANNST IN DER GANZEN SACHE NICHTS MEHR TUN, AUSSER DU WILLST MAVIS WELD ENDGÜLTIGKAPUTTMACHEN.
GESTERN ABEND HAT SIE GEZEIGT, DASS SIE BEREIT WAR, SICH SELBST KAPUTTZUMACHEN.
FALLS DAS KEIN THEATER WAR.

DAS HAT WEHGETAN, NICHT WAHR? DU LIEBST SIE.
DAS WÄRE ZIEMLICH IDIOTISCH.
ICH KÖNNTE MIT IHR IM DUNKELN SITZEN UND HÄNDCHEN HALTEN, ABER WIE LANGE?
ICH BRAUCHE MEHR ALS DAS.
NACH EINIGER ZEIT WIRD SIE DOCH ABSCHWIMMEN, IN DEN SCHIMMERNDEN DUNST VON LUXUS UND TEUREN KLEIDERN.
SIE WIRD KEIN WIRKLICHER MENSCH MEHR SEIN.
QUERIDO... ICH HABE SIE SEHR GERN GEHABT.
ES IST EIN JAMMER.
Als ich auf den Ausgang zu ging, habe ich nicht wirklich einen Schlag in den Rücken erwartet. Ich glaubte, sie wollte mich lieber so, wie ich war... unfähig, irgendetwas in der Angelegenheit zu tun.
Sie war schon was Tolles.
Absolut jenseits aller moralischen Regeln oder sonst einer vorstellbaren Welt.

Die Lobby vom Chateau Bercy war alt, aber renoviert.
Als der Fahrstuhl aufging, stand da ein Mann und wartete.
...Dr. Lagardie...
RUFEN SIE DIE POLIZEI!

Sie kamen schnell, aber nicht schnell genug.
Als sie die Tür aufbrachen, saß er auf der Couch und hielt sie an sein Herz gedrückt. Seine Augen waren blind und blutiger Schaum stand auf seinen Lippen. Er hatte sich die Zunge durchgebissen.
Unter ihrer linken Brust steckte der Silbergriff eines Messers, das ich schon mal gesehen hatte. Der Griff hatte die Form einer nackten Frau.
Vielleicht hatte ich eine Ahnung, was er tun wollte und ließ es ihn einfach tun. Manchmal, wenn ich deprimiert bin, versuche ich mir klar darüber zu werden. Aber es ist zu kompliziert. Die ganze verdammte Affäre war so. An keinem Punkt konnte ich einfach normal und selbstverständlich handeln, gleich musste ich wieder anhalten und mir den Kopf zerbrechen, wie es sich nun wieder auf irgendjemanden auswirken würde, dem ich etwas schuldete.
Die Augen von Miss Dolores Gonzales standen halb offen und auf ihren Lippen war ein schwacher Hauch eines herausfordernden Lächelns. »Das Lächeln des Hippokrates«, sagte der Ambulanzarzt und seufzte.
Er beugte sich vor und drückte ihr die Augen zu. »Ich glaube, hier ging ein Traum zu Ende.«
ENDE

COMIC ART bei Carlsen - Klar und *mitreißend!*
KANE
Kane ist kein Mann großer Worte. Er ist ein Cop, der im Police-Department von New Eden seinen Dienst tut - einer Stadt, die vor verschrobenen Charakteren nur so wimmelt. So muss er sich nicht nur mit einem verrückten Bombenleger, einem durchgeknallten Hasendarsteller und einem Mafiapaten herumschlagen, sondern hat auch noch mit seinen lieben Kollegen Probleme...
Paul Grist
KANE
Band 1: Leben in Eden
120 Seiten, s/w, Klf., ISBN 3-551-74221-9
Band 2: Hasenjagd
136 Seiten, s/w, Klf., ISBN 3-551-74222-7
Je DM 29,90 / öS 218,- / sFr. 27,50
Beide Bände sind bereits erschienen!
Band 3: Geschichten / Neu ab Mai 2000!

COMIC ART bei Carlsen - Klar und *mitreißend!*
KUNZ
Andreas Dierßen
KUNZ
104 Seiten, s/w, Klf.
DM 29,90 / öS 218,- / sFr. 27,50
ISBN 3-551-74231-6
Bereits erschienen!
© Andreas Dierßen

MABUSE KOMMT!
CARLSEN COMICS
www.carlsen.de
© Carlsen Verlag/Zwerchfell